三谷幸喜のありふれた生活⑯

予測不能

三谷幸喜

三谷幸喜のありふれた生活16　予測不能・目次

装画　三谷幸喜
装丁　渋澤弾
挿画　和田誠

三谷幸喜のありふれた生活16　予測不能

はじめに

今回はいろいろと特別編です。

まず、表紙。

連載開始からずっと挿絵を描いて頂き、単行本の装丁もお願いしていた和田誠さんが、天国に旅立たれました。和田さんの絵と僕の文章の二本柱で始めた連載だったので、このタイミングで最終回とも考えたのですが、僕が書き続ける限り、和田さんが描かれたタイトルロゴとその下の僕の似顔絵は、ずっと紙面を飾ることになる。新聞の中では和田さんはずっと現役。幸い、和田さん作の小さくてキュートなイラストも沢山《たくさん》保存されている。連載は続行されることになりました。

困ったのが単行本。表紙の絵をどうするか。和田さんに新作を描いて頂くわけにはいきません。編集者の方といろいろ知恵を絞り、結局、僕自身が描くことになりました（レイアウトは渋澤弾さん）。

小学生の頃から和田さんの絵に憧れて、模写をしていました。大人になってからも趣味は似顔絵を描くこと。和田さんの真似《まね》でしかないのですが、そこそこ似ていると評判です。和田さんとの対談集『それはまた別の話』『これもまた別の話』では、表紙を和田さんと共作させて頂きました。映画「十二人の怒れる男」「マダムと泥棒」「カサブランカ」の登場人物たちを二人で描き分けました。出来映えは、僕としては申し訳ないとしか言いようがないのですが、和田さんは誉めて下さいました。優しい方なのです。

そんな僕が、今回は和田さんに代わって表紙の絵を担当。自分の顔を描くのは苦手だし、ちょっと美化し過ぎた感はありますが、お許し下さい。「江戸は燃えているか」というお芝居で、急病の松岡茉優《まゆ》さんに代わって舞台に立った時の僕です（そのエピソードはこの巻に出てきます）。勝海舟の娘役。実際は黒衣《くろご》の衣装だったので、これはあくまでもイメージ。つまり僕は、松岡さんのピンチヒッターとして演じ、その時の姿を和田さんのピンチヒッターとして描いたわけです。

それから巻末のボーナストラック。

今回はかなりのボリュームです。映画「記憶にございません！」の宣伝の一環として、映画の公式ＨＰで短期連載していたエッセイ「ここだけの話」。映画が公開されたのは二〇一九年の秋でしたが、撮影されたのは二〇一八年の夏。時期としてはこの『ありふれた生活』十六巻目の内容と重なるので、今回のボーナストラックとしました。映画ってこっそり撮影されて、公開が近くなってからどっと情報が解禁されるんです。だから「ここだけの話」も、撮影時を振り返っての内容になっています。

なにかとスペシャルな『ありふれた生活16　予測不能』。そういう意味でもまさに予測不能な巻になったと思っています。今回は二〇一九年の二月二十一日の紙面に載った「第九三四回」までを収録しています。そして僕らはこの後、世界規模でさらに予測不能な事態に直面していくわけですが……。

（そちらに関しては第十七巻をどうぞお楽しみに。って楽しみって感じでもないか）

二〇二一年三月一日

三谷幸喜

連続ドラマのわくわく感

ドラマ「ベター・コール・ソウル」にはまっている。以前紹介したアメリカの連続ドラマ「ブレイキング・バッド」に登場する、いかがわしい弁護士ソウル・グッドマンを主人公にした、いわゆるスピンオフである。

「ブレイキング～」も素晴らしかったが、同じスタッフが作った「～ソウル」も負けていない。「ブレイキング～」の、生きるか死ぬかの緊張感は、映像の世界でこれまでに味わったことのないものだった。それに比べると「～ソウル」は、やや設定に既視感があり、「ブレイキング～」ほどの衝撃はない。でも主人公のキャラクターの面白さは飛び抜けているし、全体に流れる独特の哀《かな》しみとおかしみも僕好み。まだ完結していないが、僕の中では既に「ブレイキング～」を超えたかもしれない。

主人公は「ブレイキング～」に登場する前のソウル。彼がいかにして、暗黒街を渡り歩くやり手弁護士になったかが丹念に描かれる。

物語の冒頭では、名前もソウルではなく、本名のジェームズ・マッギル。既に弁護士だし、調子の良さも後年のイメージそのままだけど、理想に燃える部分は少し残っている。違うのは、仕事がほとんどないこと。ソウルは高級車を乗り回すやり手の人気弁護士だったが、マッギルはほとんど廃業に近い状態だ。

わずかな正義を信じながら社会の底辺を生きるダメ弁護士という設定は、シドニー・ルメット監督「評決」の主人公、ポール・ニューマン扮する弁護士ギャルビンに通じる。ただしマッギルは彼よりも遥《はる》かに胡散《うさん》臭い。

よく見ると二枚目だが、その中途半端なハンサム感が、より安っぽさを強調する。口が達者なわりには、貧乏くじばかり引いているキャラは、アメリカ映画では定番。手をぱんぱん叩《たた》きながら部屋に入ってきて、「さあさあとっとと片付けてしまいましょう」とまくし立てながら、あっという間に周囲を自分のペースに巻き込むタイプ。弁は立つけど中身がない。日本で言えば唐沢寿明さんが似合いそう。

演じるのはボブ・オデンカーク。「ブレイキング～」を観《み》るまではまったく知らない俳優さんだった。この人がとんでもなく上手《うま》い。どこからが演技でどこまでが地なのかよく分からない、力の抜けた芝居を見せてくれる。それでいて、押さえるところは押さえるし、あれだけ胡散臭かったマッギルが、回を追う毎《ごと》に格好良く見えてくる。徐々に彼の辿《たど》ってきた人生がはっきりしてきて、抱える大きな闇に胸を揺さぶられる。ここまで海外ドラマの主人公にシンパシーを感じたのは、コロンボとモンクとソウル・グッドマンの三人だけだ。

優れたドラマを観ると、自分も無性に書きたくなる。大河を除けば、最後に書いたのは「合い言葉は勇気」。十七年も前だ（二〇〇〇年）。ネットの普及で、今はドラマの様相もだいぶ変わって来たが、どんな形であれ、僕が自分を脚本家だと思っている以上、やはり連ドラが書きたい。舞台も映画も大好きだけど、なんといっても、次は一体どうなるんだろうという「わくわく感」を、大勢の人たちと共有出来るのは連続ドラマだけなのだ。

あの三人とネットで冒険

ＳＭＡＰの解散については、もちろん淋《さび》しかったけれども、本人たちの決断なので、何も言うことはない。

五人のうちの三人、香取慎吾さん、草彅剛さん、稲垣吾郎さんがネットテレビで七十二時間の生放送に挑戦することになり（二〇一七年十一月二日〜五日配信）、彼らの新しい出発を祝して、僕もお手伝いさせて貰《もら》った。

ネットテレビという新しい媒体について、僕はまだよく知らない。それに対して、今までのテレビのことをどう表現するのかも分かっていない。でもテレビ番組そのものの在り方が変わってきてるのは確かだ。テレビに関わる人間の端くれとして、それはひしひしと肌で感じている。

ネットテレビの生放送で何かをやって欲しいという話を頂き、僕が考えたのが、ゼロから五分のショートドラマを作り上げるまでを、リアルタイムでオンエアするというもの。せっかく新しいメディアでやるのだから、今まで観《み》たことのないものがやりたかった。僕が提案した企画は、普通はまず通らない。画《え》が地味過ぎるし、そもそも生放送でそんなものを作って、時間内に出来上がらないかもしれないし、出来上がったものが面白いかどうかの保証もない。リスクが大きすぎる。やったとしても、収録だろう。

編集を加え、視聴者を飽きさせないように、音楽やテロップや笑い声を足して加工する。もちろん稽古の部分はダイジェストだ。今のテレビは、ドラマにせよバラエティーにせよ、テンポが速いのが特徴。すぐに結果を見せようとする。きっと従来のやり方なら、途中経過はほとんどはしょって、では完成品をご覧頂きましょう、となるはずだ。

そうではないものを作りたかった。結果はどうでもいい。面白いものが出来れば最高だけど、そうでなくても構わない。時間内に完成しなくてもいい。本当に面白いのは、そこに至るまでのプロセス。稽古場で芝居が出来上がっていく様子を見ながら、いつも思っていた。こうやって少しずつ改良を重ね、どんどん面白くなっていく様子を、そのまま番組に出来ないものか、と。

ネットテレビなら、しかも今回はたっぷり時間も取れるし、それが可能だと思った。構成を考えるところから始まって、稽古を繰り返しつつ修正を重ね、本番に至るまで、すべて視聴者に観て貰う、しかも生で。そんな番組、今までなかった。担当のスタッフさんもとても興味を示してくれた。

もちろんこれは、相当自信がないと出来ないこと。でも僕には彼ら三人なら、正確に言えば、彼ら三人と僕なら、きっとうまくいくという確信があった。なぜなら、彼らの役者としての才能を、僕は知っているから。この企画をやるということが、彼らを信頼していることの何よりの証しであり、その「信頼」こそが、これから新しい人生を踏み出す彼らへの、僕からのプレゼントだった。

本番一時間前、生放送で出来ることと出来ないことをスタッフと確認。出演者に会ったのは、カメラが回り出してから。まったく何の打ち合わせもなく、僕のコーナーは始まった。

五分ドラマに三人が集中

香取慎吾さん、草彅剛さん、稲垣吾郎さんの三人が、ネットテレビで七十二時間の生放送に挑戦。僕はその中で、五分のショートドラマをゼロから完成させるという企画に参加した。

香取さんたちは、僕が台本を書いてきて、それをその場で覚えるのだと思っていたらしいが、とんでもない。僕が視聴者に観《み》て欲しかったのは、わずか五分のミニドラマでも、一本の作品が何もない状況から、どうやって作られていくか、そのプロセスだ。そして、その中で彼ら三人が見せる、プロの役者としての力量である。

カメラは草彅さんのスマホを使用。編集する時間はなく、必然的にワンシーンワンカットの長回しに。三脚で固定するのでカメラを移動することも出来ない。そういった撮影上の条件から、「隠しカメラによるドッキリ映像」という設定を思いつく。

草彅さんは香取さんの誕生日に、控室の用具箱から「ハッピーバースデー！」と飛び出して彼を驚かそうと画策。しかしアクシデントが重なり、なかなか思い通りにいかない。香取さんと、居合わせた稲垣さんは、草彅さんが隠れているのを分かった上で、なんとか騙《だま》されてあげようと気を使う。たわいのない話だが、互いに相手を尊重し合う香取さんと草彅さん、それをクールに見つめる稲垣さんという三人の立ち位置が物語そのものを進めていく、シチュエーションコメディーの典型のようなストーリーが完成する。

口頭による僕の説明の後、頭から少しずつ動きを決めていく。直前までバラエティーの世界の住人であった彼らの顔が、みるみる役者のそれに変化していく。短時間で動きを覚え、段取りを覚え、台詞《せりふ》を考え、練り上げ、面白くしていく。その集中力は凄《すさ》まじい。

香取さんは演出意図を摑《つか》むのがもっとも速く、さりげなく後の二人をリードし、フォローしてくれた。僕がどうして彼と仕事をしたがるか、観た方には分かって頂けたのではないか。草彅さんは、どこまで自然に演じればいいか、さじ加減に苦労していた。だが稽古を重ねる度に、彼の演技は劇的に進化。草彅剛は、積み重ねることで結果を出す役者なのだ。そして稲垣さん。彼と本格的に芝居を作っていくのは実は初めて。誰よりも楽しそうに僕の話を聞いてくれる姿が印象的だった。演出の変更や台詞の追加にも、決して動揺せず、むしろそれを喜んでいる風情があって、僕はますますファンになってしまった。

ショートドラマ「Ｓｕｒｐｒｉｓｅ！」は今もユーチューブで観ることが出来る。でもそれはあくまでもおまけ。生放送は、三人の真剣な表情が見られたと、ファンの皆さんも喜んでくれたらしい。僕としてもほっとしている。

ただ、正直言えば、もうワンテイク撮り直したかった。時間切れでＯＫを出したけど、あそこは進行を無視して作品作りにこだわる、狂気の演出家に徹するべきでした。

香取さん、草彅さん、稲垣さん。もし今度一緒に仕事することになったら、その時は、妥協なしでいきましょうね。

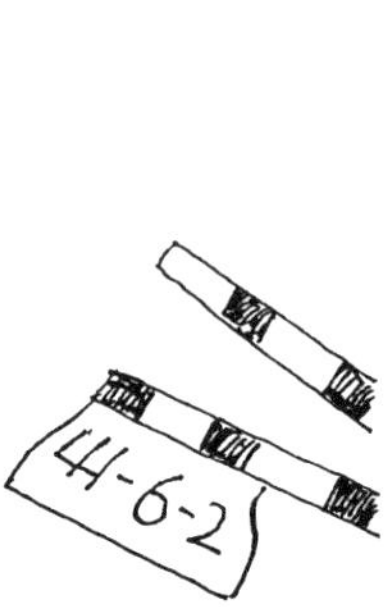

口髭のバイプレーヤー逝く

ジョン・ヒラーマンが八十四歳で亡くなった（二〇一七年十一月九日没）。名前を聞いただけで、顔が浮かんだ人はかなりの映画通。主演映画は恐らく一本もないだろうし、大作や話題作に出続けるようなタイプの人でもなかった。日本で一番知られているのは、ピーター・ボグダノビッチ監督の「ペーパー・ムーン」だろう。主人公の詐欺師コンビにからむ、胡散《うさん》臭い兄弟を一人二役で演じたのが彼だ。

ポランスキーの「チャイナタウン」で、事件にからむ胡散臭い水道局役員役といえば、なんとなく思い出す人もいるかもしれない。

映画よりも主にテレビで活躍した。代表作は一九八〇年代に大ヒットした、トム・セレック主演のテレビドラマ「私立探偵マグナム」の執事役。この作品でゴールデングローブ賞やエミー賞の助演男優賞を貰《もら》っているが、生憎《あいにく》、僕はこの作品を観《み》ていない。

決して演技派ではなかった。むしろどんな役を演じても、同じ人に見える。というより、いろんな人物を演じ分けたいという気概が感じられない。どの役をやっても、同じ演技だし、なにより顔が一緒。ぴったり撫《な》でつけた髪、そして丸顔に、いわゆるお洒落《しゃれ》なコールマン髭《ひげ》。丸顔はどうしようもないけど、髪形と髭くらいはなんとか出来たのではないか。

口髭がトレードマークの俳優といえば、コールマン髭の由来となったロナルド・コールマンやクラーク・ゲーブルがいるけれど、彼らは主役級。ヒラーマンのような、脇役専門で、頑《かたく》なに髭を生やし続けた俳優が他にいるだろうか。時代劇に出ても眼鏡を掛け続ける、大村崑《こん》さんばりのこだわりだ。未見の「私立探偵マグナム」でも、スチールを見る限りでは、やはり同じ顔をしていた。さすがに二役を演じた「ペーパー・ムーン」では、兄弟で同じ髭というわけにはいかなかったのか、兄役は珍しく髭なしだったが。

彼がどういうポリシーで口髭にこだわったのかは分からないが、そのせいで、演じる役はおのずと限定されたはず。少なくとも僕の知っているヒラーマンは、いつも「胡散臭い」「気取り屋」だ。

アメリカで一九七五年からオンエアされたミステリードラマ「エラリー・クイーン」。その中で、主人公の名探偵エラリーのライバルともいうべき自称探偵サイモン・ブリマーを演じたヒラーマン。これはまさに当たり役。傲慢《ごうまん》不遜を絵に描いたような男で、常に首にはスカーフを巻き、いかしたポーズで煙草《たばこ》をくゆらす。エラリーに対抗して得意の推理を披露するが、いつもことごとく間違う。そんなコメディーリリーフをヒラーマンは楽しそうに演じていた。

尊大で自己中心的、鼻持ちならないインテリ。そんな欠陥だらけの男を生涯演じ続けたジョン・ヒラーマン。どんなに嫌みなキャラでも、そこにユーモアとペーソスが流れているのが、彼の魅力だ。

と、ヒラーマンの情報がない中、ほとんど妄想で書いてしまいましたが、もし彼のファンで、「とんでもない、ジョン・ヒラーマンはこんな役だって演じてますよ」という情報をお持ちの方がいらっしゃったら、ぜひ教えて下さい。彼を見る目が変わるかも。

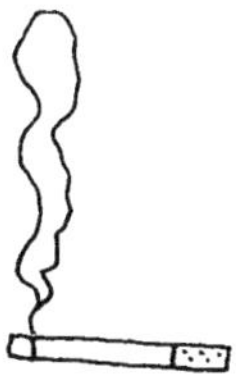

脱帽、博士の記憶と筆力

水道橋博士の新著『藝人《げいにん》春秋2』（二〇一七年十一月発売）は、なんとハードカバーの上下巻。まるで海外ミステリーの新刊本のような装丁だが、中身は爆笑必至のノンフィクション。博士が出会ってきた芸人や著名人たちの、奇っ怪な生態が容赦なく、しかし愛情たっぷりに描き出されている。

博士とは面識がないわけではないが、決して親しいわけでもない。ただ、昔からどうも他人と思えない何かがあった。常に誰かを驚かせたい、「あいつは人を食ったヤツだ」と言われたい。洗練された「いたずら小僧」でいたいと願い続ける男。しかし、どこかもうひとつ粋になれず、常に泥臭さがつきまとう。そんな博士のイメージは、そのまま僕にはね返る。

特にこの「藝人春秋」シリーズを読んでいると、作中に登場する著者は、驚くほど僕自身に似ている。照れ屋なくせに、いや、照れ屋だからこそ、たまに大胆な行動に出てしまう。傍観者でいたいわりに、自ら物事の中心に深く食い込む「アグレッシブな傍観者」とでも言うべきスタンス。それは学生時代から今に至るまでの僕そのものである。

三十年以上前に、三遊亭円丈師匠が書いた「御乱心」という小説がある。落語協会分裂騒動の顚末《てんまつ》を描いた実録物（？）だ。その洒脱《しゃだつ》な筆致、人物描写の巧みさは、今でも僕が文章を書く時のお手本。そして水道橋博士の文章を読む度に、僕はこの「御乱心」を思い出す。題材の選び方もそうだし、人物への愛情の注ぎ方も似ている。そこからあふれ出るおかしみも。師匠と博士は我が国の、隠れた二大ユーモア作家だ。

しかし僕がここで『藝人春秋2』を紹介したかった理由は他にある。下巻の第十章「芸能奇人・対決編1」の主人公は、なんと僕。十年ほど前、新幹線の中で博士と遭遇した際に起きたちょっとした事件の顚末。橋下徹氏、猪瀬直樹氏、寺門ジモン氏といった癖のあり過ぎる人たちの癖のあり過ぎるエピソードの中に突然、僕の話が出てくる。なんだか非常に気恥ずかしい。

一読して感じたのは、はたして僕の章は他の章と同じくらい面白いのか。爆笑実録物としてのクオリティーを保っているのか。なにしろ当事者なので、冷静に読めないのだ。僕は博士にネタを提供しただけで、執筆には一切関わっていないが、やはり自分のことが書いてある以上は、面白くあって欲しい。

非常に残念なことではあるが、ここに登場する僕は、まったくいいところがない。あの悪評しか聞こえてこない、芸人三又又三《みまたまたぞう》氏ですら、愛すべき人物として描かれているというのにだ。

博士が車内で出会った「三谷幸喜」という脚本家は、ただの「迷惑な子供」。「いい歳《とし》してお前何やってんだ」的な言動を繰り返す変人である。これはあんまりだ。面白ければ何を書いてもいいのか（しかも本当に面白いかどうかは僕には分からない）。だが、なにより腹が立つのは、ここに書かれていることが、すべて事実ということである。

博士の記憶と、文章による再現力に脱帽。

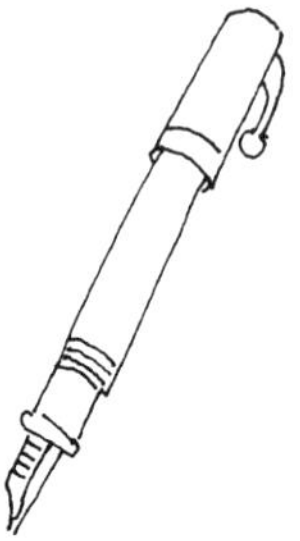

息子好み「SW」の脇役

新作公開が迫り、息子（三歳）の「スター・ウォーズ」熱の高まりもピークを迎えようとしている。この分でいくと、彼の映画館初体験は「スター・ウォーズ／最後のジェダイ」（二〇一七年十二月十五日公開）になりそう。ちなみに僕の初体験は「恐竜100万年」。六歳の時だから、息子は三年上回っていることになる。

これまでの七本のエピソードを既に観《み》終えた息子。本当に内容を把握しているか心配になり、いろいろ質問してみたが、だいたいのことは分かっているようだ。「アナキンがダース・ベイダーになるんだよね」と、物語の基本的骨格は押さえている。さらに「オビ＝ワンは若い時と年取った時は違う俳優さんがやっているんだよね」と、内容と関係のないことも理解している。

ブルーレイの特典に入っているメイキングも大好きで、「ジョージ・ルーカスは、お爺《じい》ちゃんになったら、顔が大きくなった」と、知らなくていい情報も把握していた。「アナキンがどうしてダークサイドに落ちたのか、ぼく、よく分からないんだよ」と悩んでいたから、「それは実はお父さんも、よく分からないんだ」と答えたら、少しほっとしたようだった。

主役よりも脇役に目が行ってしまう僕のDNAを、息子は確実に受け継いでいる。彼のお気に入りキャラクターは、主役級のルークでもなければハン・ソロでもない。名脇役ヨーダやC-3POでもないし、通好みのボバ・フェットやタスケン・レイダーでもない。息子の一押しは、なんとビッグス・ダークライター。

そんな奴《やつ》、どこに出てきたとお思いの方も多いだろう。よほどのファンでなければ、この名前に記憶はないと思う。ビッグスはエピソード4のクライマックスで、ルークと共にデス・スター攻撃に加わるパイロットの一人。ルークの幼馴染《おさななじ》みという設定だが、まったく印象に残らないキャラだ。実は彼とルークが語り合う長いシーンがあったのだが、メイキングによれば、全体のテンポを出すために、カットされたのだ。

なぜ息子が、この存在感のない男に注目したかは不明だが、登場シーンを繰り返し観て、彼の少ない台詞《せりふ》はすべて覚えてしまった。当然、フィギュアは持っておらず、レゴ社が出している「スター・ウォーズ」シリーズの、名もないパイロット人形をビッグスに見立て、息子は日々遊んでいる。

最近、息子の「推し」に新たなキャラが加わった。ジン・エヴァロン。彼に至っては、ほとんどの映画ファンが知らないはず。なにしろスクリーンに一度も登場していないのだから。ジンは、レゴによる「スター・ウォーズ」関連本のおまけ。つまりレゴの世界でしか存在しないのだ。

息子は寝る前に絵本版「スター・ウォーズ」を読んで貰《もら》うのが習慣になっているが、近頃は、ジンが大活躍する話にしてくれとせがんでくる。もちろんそんなものは存在しない。僕はでまかせに語って聞かせるが、息子としては、ジンが主役だとダメ。あくまでも脇で輝いていて欲しいらしい。これを即興で考えるのは、かなりの難易度だ。

脚本家として試練の日々である。

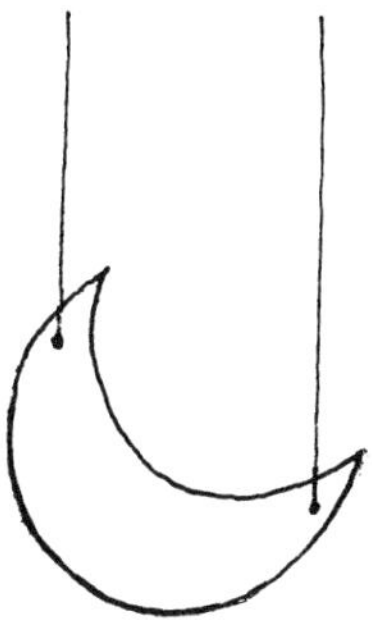

初めて知った「脚本家」

年末に訃報《ふほう》が飛び込んできた。脚本家の早坂暁《あきら》さん。享年八十八歳（二〇一七年十二月十六日没）。

僕が小学生の頃、ＮＨＫで放送された連続ドラマ「天下御免」は、平賀源内（山口崇《たかし》）を主人公にした時代劇。台詞《せりふ》は現代調、突然昭和の風景が出てきたり、江戸中期の世情に重ねて、当時の世相を辛辣《しんらつ》に風刺したりと、当時としてはかなり（そして恐らく今でも）斬新な作りで、十歳の僕でも「ずいぶん攻めてるなあ」と思ったものだ。実在の人物と架空の人物が絡み合い、歴史上の事件が見事にドラマとして昇華されて、こんな面白いものが世の中にあるのか、と毎週食い入るように観《み》ていた。

さらに二年後、その続編ともいうべき「天下堂々」が作られる。やはり江戸時代が舞台で、今回は架空の人物佐倉英介（篠田三郎）が主人公。「天保六花撰《ろっかせん》」「天保水滸《すいこ》伝」といった講談の登場人物たちが入り乱れる、これまた痛快かつ破天荒な時代劇だった。

このドラマに登場する同心スッポンの市兵衛。まるでコロンボ警部のようにねちねちと執拗《しつよう》に事件を捜査するこのサブキャラクターが、当時の僕のいちばんのお気に入り。その市兵衛を演じている村上不二夫さんのお嬢さんが、なんと小学校の同じクラスにいることが判明。僕は「天下堂々」ファンの友人と連れだって、ファンレターを書いてその子の家に挨拶《あいさつ》に行った。

村上さんにお会いして、僕らがいかにあのドラマが好きかを熱烈に語ると、慇懃《いんぎん》無礼で嫌みなスッポンの市兵衛の面影がまったくない、ダンディーな紳士の村上さんは、「天下堂々」の台本にサインをしてプレゼントしてくれた。当時の台本は、わら半紙のガリ版刷り。学校で配布される遠足のしおりを少しだけボリュームアップしたような感じだった。それが僕が人生で最初に見た「シナリオ」だ。

表紙には大きく手書き文字で「天下堂々」と書かれており、その横に堂々と作者「早坂暁」の文字があった。世の中に脚本家という仕事があることを知った時だ。そして僕は大人になり、早坂さんと同じ職業につき、いつか「天下御免」「天下堂々」のようなドラマを作りたいと思って現在に至っている。

みなもと太郎さんの漫画が原作で、僕が脚本を書いたドラマ「風雲児たち」が元日（二〇一八年）に放送される。『解体新書』翻訳に力を尽くした蘭学者前野良沢（片岡愛之助）と杉田玄白（新納《にいろ》慎也）の物語。「天下御免」にも、良沢（内藤武敏）と玄白（坂本九）は登場し、オランダの医学書ターヘルアナトミアを翻訳するエピソードも描かれた。早朝の小塚原に腑《ふ》分けを見学に行くシーンは、当時はビデオもなく、ただ一回のオンエアしか観ていないはずなのに、鮮明に印象に残っている。もちろん「風雲児たち」でもその場面は出てくる。子供の頃にはまっていたドラマとまったく同じシーンを自分も書くことが出来る喜び。まさに脚本家冥利《みょうり》に尽きるというものだ。

　ちなみに「風雲児たち」には「天下御免」の主人公源内さんもちゃんと出てきます。演じるのは山本耕史。彼の台詞を書く時、子供の時に見た、あの台本の文字が頭をよぎらないわけがなかった。

十八歳で書いた戯曲は

年末年始は、まもなく幕を開ける「ショーガールVol.2」(二〇一八年一月八日〜十四日)の稽古で明け暮れた。

川平慈英《かびらじえい》さんとシルビア・グラブさんという、恐らく現在の日本のショービズ界で、もっとも力のあるアクター&シンガー&ダンサーの二人が歌って踊って演じるバラエティーショーのシリーズ。前半はホテルの一室を舞台にした、荻野清子《きよこ》さん作曲によるオリジナルミュージカル。後半が、古今東西のポピュラーソングを歌いまくる二部構成。彼らは出ずっぱりの二人芝居を一時間演じた後に、四十分間歌い続ける。中身の充実ぶりは前回以上だ。

というわけで脚本家としての僕の最新作はこの「ショーガールVol.2」第一部のミュージカル「ミッドナイト・ストレンジャー」となるわけだが、年末実家に帰った時、机の引き出しの中に、大学時代に書いた初戯曲の原稿を見つけた。

二百字の原稿用紙五十枚。もちろん手書きだ。「戯曲創作法」という授業で書かされたもの。課題は、「昔話の『鶴の恩返し』をベースに自分なりに脚色しなさい」。内容はすっかり忘れていたが、表紙のタイトルを見た瞬間に記憶が蘇《よみがえ》った。

「奥さまは鶴」。もちろん往年のアメリカ製テレビドラマ「奥さまは魔女」のもじりである。設定を現代にし、鶴の化身と結婚した男を巡るコメディー。この三十八年間、脚本家としてまったく方向性がぶれていないことに、我ながら驚く。と同時に、恐らくほとんどの学生がオーソドックスに木下順二作「夕鶴」的なものを書く中、あえて奇をてらった設定に挑んだ、若き日の己の自意識過剰ぶりがやけに鼻についた。

中身はまったく戯曲の体をなしていなかった。むしろ小説に近い。まあ十八歳の大学生が書いたものだから仕方ない。妻が鶴ではないかという疑念を抱いた主人公が、家に友人の歯医者を招いて相談。物語の大半がこの二人の会話で進行する。ロアルド・ダールやスタンリイ・エリンといった、当時はまっていた海外の「異色作家」と呼ばれる人たちの短編を意識していて、翻訳調の会話が延々と続く。たまに「ここは笑って欲しいんだろうな」と思われる台詞《せりふ》も出てくるが、もちろん面白くもなんともない。最新作を百とすると、八くらいの完成度。でもそれでいい。これが逆なら、僕の人生はなんだったのかということになる。

とは言っても、この「奥さまは鶴」。まったくつまらなかったわけでもない。主人公は寝室で機を織っている妻の姿を確認して欲しいと、友人に頼む。少しだけドアを開けて、友人が中を覗《のぞ》くと、妻は仕事を終えて、鶴の姿から人間に戻る途中。その様子を友人は逐一夫に実況報告。さんざん語っておいてから「そして今、ようやく下着を着けたぞ」。すかさず夫が叫ぶ。「裸だったのか！」。ここだけは、ちょっと笑ってしまった。

もし当時の自分に会うことが出来たら、僕はきっとこう言うだろう。「君には才能がある。大丈夫、この道を突き進め」。なにしろ、彼が褒めれば伸びるタイプであることを、僕は嫌というほど知っているから。

若く見えるが、意外に

「ショーガール」のＶｏｌ．２が、六本木のＥＸシアターで開幕した。福田陽一郎さんが、木の実ナナさん、細川俊之さんと組んで作り上げた元祖「ショーガール」は、現在改築中のパルコ劇場（元西武劇場）の人気演目。それを僭越《せんえつ》ながら僕が引き継ぎ、川平慈英とシルビア・グラブという、恐らくは現在の日本のショービズ界でもっとも実力のあるアーティスト二人と一緒に始めたのが、このシリーズだ。

Ｖｏｌ．１、その改訂版と続いて、今回が三回目の公演。今回も元祖にならって、二人芝居のミュージカルと怒濤《どとう》のショータイムという二部構成。相変わらず僕は音楽面の知識に疎いので、後半は、演者と音楽監督の荻野清子さんが中心となり、これに振り付けの本間憲一さん、元祖にもスタッフで関わっていたベテラン演出助手の坂本聖子さんが加わって作り上げた。僕は監修みたいなもの。ストレートプレー中心でやってきた僕は、こちらの世界ではまだまだ発展途上。彼らには大いに助けられ、学ぶことも多い。

ドラマ部分のタイトルは「ミッドナイト・ストレンジャー」。主人公は、ホテルで缶詰めになって原稿を書いている脚本家（シルビア）。突然、深夜、排水管からゴボゴボと下水が流れる音がし、気になるのでコンシェルジュに連絡すると、謎の配管工（川平）がやって来る。そこから始まる一夜の物語。僕自身の体験が基になっている。

荻野さん作曲によるオリジナル曲満載のミュージカルではあるが、ワンシチュエーション、出 ずっぱりの二人芝居は役者としての力量も問われる。どちらかといえば歌って踊るイメージの強い彼らが、実は芝居も達者であることを、世間に知って貰《もら》いたかった。

というわけで、彼らは一時間の台詞《せりふ》劇をこなした後、四十分間歌い続ける。「ショーガール」は過酷なステージなのだ。しかし川平慈英とシルビア・グラブは見事に、そして軽やかにそれをこなす。

さすがにショータイムも終盤になると、二人ともへとへと。精神的にも肉体的にも疲労困憊《こんぱい》に見える。しかし、彼らはそれすらエンターテインメントに変えてしまう。

ショービズの世界に限らないと思うのだが、作り手が必死になってくれなければ、観《み》ていて面白くない。しかし同時に、余裕のない芝居は観ていて疲れる。必死と余裕。この二律背反の要素が両立した時に、初めて優れた「娯楽」が誕生するような気がする。

この「ショーガール」のシリーズ、今後も続けていきたいし、こういうものは継続しなければ意味がない。元祖はＮｏ．16まで続いた。三本やってみて分かったのは、他の仕事をしながら、これを年一回作り続けていくのは、かなりしんどいこと。それを成し遂げた福田さんの偉大さを今、感じている。毎年は無理だけど、またぜひやりたい。なにしろ作っていてこんなに楽しい舞台は、そうはないから。

心配なのは、先代の細川俊之さんが「ショーガール」をお辞めになった時の年齢を、既に川平慈英は超えてしまっていること。若く見えるが、あれでかなりのおっさんなのである。

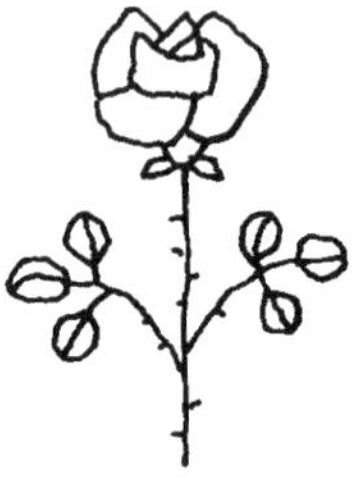

インフルで降板ショック

「ショーガール」の舞台稽古の最中、突然、咳《せき》が出始めた。スタッフと演出の変更部分を打ち合わせ後、帰宅。

翌日が初日。大盛況の公演を見届け、劇場ロビーでの初日打ち上げに出てから帰宅。さらに咳がひどくなってくる。次の日のマチネー公演を終えた段階で、強い寒気に襲われた。急きょ掛かりつけの先生に診て貰《もら》い、インフルエンザと判明。そのまま自宅療養。熱が下がってから五日間は外に出てはいけないと言われた。

二日後にはゲストとして舞台に立つことになっていたが、当然無理。関係者各位に連絡を回す。体調不良で役を降板という、プロの俳優さんでも滅多になく、滅多にあったらとんでもない経験を、俳優でもない自分が体験することになってしまった。声がかれるまで稽古に励んだ「恋のダイヤル６７００」が一度もお客さんの前で披露出来ずに終わる。残念以外の言葉が思いつかなかった。

それから数日は、自宅のベッドで横になりながら、（ああ、今、この時間、本当は劇場にいるはずなんだよな）と激しく落ち込む。そしてベッドの中で、これまで様々な理由で舞台を突然降板することになった多くの役者さんたちの無念さに、思いを馳《は》せた。役者でない僕ですらこんなに悔しいのだから、皆さん、さぞお辛《つら》かったことでしょう。

代役は戸田恵子さんが務めてくれた。当日は、眼鏡を掛けて「三谷幸子《こうこ》」として登場。お客さんの喝采を浴びたという。さすがです。僕の出演が急きょ中止になり、がっかりされたお客様がどれくらいいらっしゃるか分からないが、申し訳ありませんでした。でもショー自体のクオリティーを考えれば、明らかに僕よりは戸田さんなので、それに免じてなにとぞお許し下さい。

三日で熱は下がったが、結局千秋楽まで劇場に戻ることは出来なかった。公演の様子は、毎日、プロデューサーがビデオに撮って送ってくれた。日に日にこなれていく川平＆シルビアの芝居は、画面を通してもよく分かった。

そして多種多様な魅力に輝くゲストの皆さん。

長澤まさみさんの振り切ったおかしさ、高嶋政宏さんの妻シルビア愛の凄《すさ》まじさ、草刈正雄さんの力の抜けきった存在感、斉藤由貴さんの孤高の空気感、戸田恵子さんのさすがのエンターテイナーぶり。中川晃教《あきのり》さんの意外な（といっては失礼だけど）芸達者ぶり。新納慎也さんのミュージカルスターとしての風格、そして竹内結子さんの、歌の下手さ、踊りの拙《つたな》さといったすべてのマイナス要因を完璧に封じ込めてお釣りが来る「キュートさ」。皆さん、本当に素晴らしかった。

そしてなにより慈英とシルビア。芝居パートの丁々発止のやりとりは、息の合った二人にしか出せないもの。そもそも彼らの芝居の上手さを堪能して貰うために書いた話であり、彼らはその期待にきちんと応えてくれた。

ただ後半のショータイムが圧倒的過ぎて、観《み》た人に感想を聞くと、どうも前半の二人芝居の印象が薄いようだ。このシリーズの今後の課題だ。

さて、Ｖｏｌ．３。僕の出番はあるか？

点検、頼りにしてます

文章を書く仕事をしていると、物知りに思われることが多いが、そんなことはない。そもそも台詞《せりふ》の場合は、だいたいは僕らが普通に使っている範囲のボキャブラリーを使う普通の人たちの会話で成立しているので、作者自身に豊富な知識がなくても、なんとかなるのである。だから、作者自身よりも知識がある、物知りキャラクターが出てくると、困ってしまう。

学生時代に勉学に勤《いそ》しむことがほとんどなかったせいで、僕は未《いま》だに基本的な言葉遣いをよく間違う。「寸暇を惜しんで読書する」のか「寸暇を惜しまず読書する」のか、いつも悩む。こう書いている今も、実は迷っている。

「寸暇」というのが「短い時間」だということは分かる。どんなに忙しくても、ちょっとでも休憩時間が出来たら、それをもったいないと感じて「寸暇を惜しんで読書する」のか。どんなに忙しくても、短い休憩時間が出来たら、もったいないから休もうなどと思わずに、「寸暇を惜しまず読書」するのか。どっちでしたっけ。

大河ドラマを書いていると、たまにとんでもない間違いを犯すことがある。「来週、もう一度来て頂こう」と、週七日制のない江戸時代の人が言ってみたり、「これで一巻の終わりだな」と幕末の志士がつぶやいてみたり。ちなみに一巻というのは映画のリールのことらしく、当然、リュミエール兄弟が映画を発明する以前には、どんなに絶望的な場面に遭遇しても、「一巻の終わり」と言った人間はいないのである（諸説あるらしい）。

大抵の二字熟語は、明治以降に生まれたもので、僕がさらりと書いてしまった言葉を、スタッフは細かく訂正してくれる。「説得する」は「説き伏せる」、「絶対に」は「断じて」。だいぶ慣れては来たけれど、未だによく間違える。

このエッセーも、人目に触れるレベルの文章として、なんとか体裁を保っていられるのは、校閲の方のおかげ。毎回、ゲラチェックの段階で、僕のミスを指摘してくれる。細かい言葉遣いから、書かれている内容の事実関係まで。

最近で一番感銘を受けたのは、「ペーパー・ムーン」という映画について書いた時。僕は迷いなく「主人公の詐欺師親子」と書いてしまったが、早速チェックが入った。映画の中では、親子とは言ってないのではないか、という。ライアン・オニールとテイタム・オニールの親子共演だし、娘のテイタムは、ライアン扮するモーゼのことを、自分の父親ではないかと、ずっと疑っている。しかし言われてみれば物語の中では最後まで、彼らが真の親子であるとは、明らかにしていなかった。だからここで僕が「詐欺師親子」と記すのは問題ありなのだ。

校閲担当の方が、どんな人なのか僕は知らない。お会いしたこともないし、お名前も分からない。でもその豊富な知識にはまったく頭が下がる。まさか往年の映画のディテールに、ここまで精通しているとは思わなかった。もしかしたら友だちになれそうな気もする。

そんな縁の下の力持ちの皆さんの尽力で、僕はなんとか書く仕事を続けていられるのである。

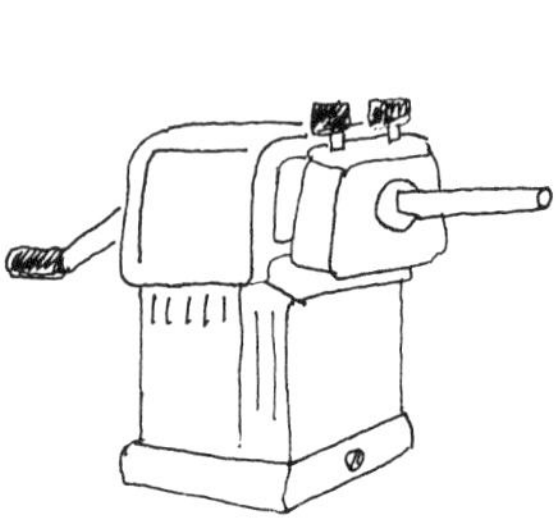

新作の裏の巡り合わせ

話は二十年ほど前に遡《さかのぼ》る。

ある舞台の打ち上げで、伊東四朗さんと話す機会があった。当時伊東さんはＮＨＫで「お江戸でござる」という公開時代劇コメディーをやってらっしゃった。もし自分があの番組に関われるのなら、こんな話を書いてみたいと、僕は伊東さんに話した。

江戸末期、幕府代表の勝海舟と新政府軍の西郷隆盛が会見したいわゆる「江戸無血開城」。海舟と西郷のどちらかが、もしくは両方が実は偽者だったという設定で巻き起こる、どたばた喜劇。そもそも発想の源は、ヒトラーの替え玉が登場するエルンスト・ルビッチ監督「生きるべきか死ぬべきか」。あんな風に実在の人物と架空の人物と、架空の人物がなりすました実在の人物が入り乱れるコメディーをやりたいと思った。伊東さんは面白いと乗って下さったが、結局、実現することはなく、企画は僕の心のアイデア専用棚の引き出しの中に保管された。

話は飛んで二年前（二〇一六年）。パルコ劇場が改築のために閉鎖されることになった。二〇一八年上演のパルコプロデュースによる僕の新作は新橋演舞場でやることに。毛利美咲プロデューサーから「せっかくの新橋演舞場、川島雄三監督『幕末太陽伝』のような時代物がいい」と提案された。

それで思い出したのが五年前（二〇一三年）。ニール・サイモンの「ロスト・イン・ヨンカーズ」を上演した際、やくざな叔父さんを演じた松岡昌宏さんの演技に、僕は往年の喜劇俳優フランキー堺さんを重ねた。おかしみと哀《かな》しみが両立したそのキャラクター、佇《たたず》まいの格好良さ、ドラムの名手という点でも二人は共通していた。フランキーさんといえば「幕末太陽伝」の居残り佐平次。いつか松岡さんに佐平次みたいな役をやって欲しいと思った。

話は変わって、二〇〇四年にオンエアされた大河ドラマ「新選組！」。このドラマは出演者の結束が固く、いまだに忘年会が開かれている。僕もなるべく顔を出すようにしているが、その席で中村獅童《しどう》さんに「オレ、三谷さんの作品に全然呼ばれないけど、嫌われてるんですか」と責められ続けて十余年。まったくそんなことはなく、「新選組！」で彼が演じたオリジナルキャラ「呼ばれてねえのにやって来る」捨助は、僕のお気に入りだ。

たまたま彼の個性に合った役がなかったので、声を掛けなかっただけ。最近は貫禄も出てきて、独特の「やんちゃな悪ガキ」イメージが徐々に「大人になった悪ガキ」に変化、ますます面白い役者さんになってきた。演舞場で時代劇をやると決まった時、真っ先に名前が浮かんだのは実は彼だった。

松岡さんと獅童さんの写真を見ていて、二人の風貌《ふうぼう》がどことなく似ていることに気づく。顎《あご》のあたりなどそっくりだ。その時、心に仕舞ってあったあのプロットが蘇《よみがえ》る。喜劇「江戸無血開城」。例えば勝海舟を獅童さんが演じ、その替え玉を松岡さんがやるのはどうだろう。そこから新作舞台「江戸は燃えているか」の企画は本格的にスタートした。

一つの作品が誕生する時は、いろんな巡り合わせがからみ合っている。

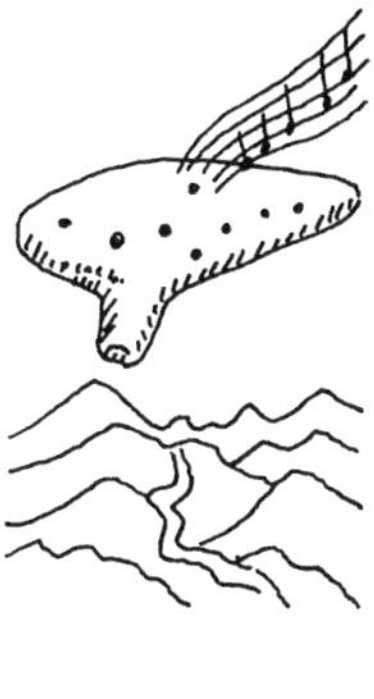

名前付けが恥ずかしい

いつからか、実在した人物を扱った作品を書くことが多くなった。

もともと歴史が大好きで、子供の頃の愛読書は人名辞典。小学生の頃から、平凡社から出ていた別冊太陽「戦国百人」に載っている武将たちの肖像画を、一人ずつ模写して遊んでいたものだ。好きな武将（の顔）は、竹中半兵衛と丹羽《にわ》長秀。武将らしくない穏やかな佇《たたず》まいが印象的な二人だ。今でも、だいたいの歴史上の人物は顔を見るだけで名前を当てることが出来る。

劇団時代に作った「彦馬がゆく」の主人公は、幕末の写真師上野彦馬がモデルだった。「歴史」というものに、脚本家として真っ向から取り組むようになったのは、たぶんその頃からだ。

「その場しのぎの男たち」では伊藤博文、松方正義、陸奥宗光といった明治の政治家たち。「コンフィダント・絆」はゴッホやゴーギャン、スーラといった後期印象派の画家。「国民の映画」はナチスの高官と戦前のドイツ映画界の人々。「おのれナポレオン」はセントヘレナ島で暮らすナポレオンとその取り巻きたち。映画「清須会議」では織田信長亡き後の織田家臣団を描いたし、ドラマ「風雲児たち」は江戸時代の医師たちの話である。大河ドラマも二本書いた。まさか僕を歴史作家と思っている方はいらっしゃらないと思うが、特にここ十年を振り返れば、半分近い作品が、歴史上の人物や事件を題材としている。

最近では完全オリジナルの現代劇を書くと、もはや居心地の悪さを感じるようになった。純度一〇〇%の、僕の頭の中で生まれた作品を発表することが、自分のレントゲン写真を世間に公表するのと同じくらい、どうにも照れくさいのである。

主人公の名前ひとつとっても、オリジナルであるからには、すべて僕が考えたわけで、それがもう恥ずかしい。例えば「田中幸子」という名前の女性を登場させたとする。そこには「田中幸子」でなければならない理由はなく、僕がなんとなくイメージで付けたに過ぎないのだが、「なにゆえ田中幸子」「どこから田中幸子」「どの面下げて田中幸子」という声がどこからか聞こえてきそうでならない。

実際は、そんな風に考える人はまずいないと思うが、まさに実在の人物の話を書き続けてきた弊害。そんな事情もあって、近作の「不信」では、登場人物には名前を付けなかった。ト書きでは男1、女1、男2、女2となっている。そして「子供の事情」に出てくる小学生たちは、本名ではなく「あだ名」という記号で呼び合った。実在の人物の場合は気が楽だ。前野良沢もナポレオン・ボナパルトも僕が考えた名前ではないから。実在の人物といっても、正確には「実在の人物の名を借りて僕が作った」架空のキャラクターなんだけど。

新作「江戸は燃えているか」には、勝海舟、西郷吉之助（隆盛）他、沢山《たくさん》の実在の人物が登場する。西郷さんは僕の作品、今回で四回目の登場だ。

そして今年の後半には、僕にとって日本の歴史との関わり合いの、集大成ともいうべき舞台が控えている。発表はもう少し先ですが。

ポワロ映像化あれこれ

去年（二〇一七年）の暮れに公開されたケネス・ブラナー監督・主演映画「オリエント急行殺人事件」。ミステリーが好きで、クリスティーが好きな僕にしてみれば、今回の映画化は、ちょっと残念だった。「謎」と「解決」はあっても、その「経緯」がおざなりだった。名探偵にもほどがある。まるで神様のように、あっという間に犯人をあぶり出す。ミステリーの一番面白いところをすっ飛ばされた感じがした。

「オリエント〜」の映像版でもっとも有名なのは、一九七四年に公開されたシドニー・ルメット監督のもの。ポワロにアルバート・フィニー。イングリッド・バーグマン、ショーン・コネリーら有名俳優をずらりと並べたオールスター映画だ。他にもアルフレッド・モリーナ主演のアメリカ製のテレビ版や、イギリスBBCが作ったデヴィッド・スーシェ主演のポワロテレビシリーズの一編がある。

モリーナ版は変に設定を現代に置き換えたり、容疑者の数が大幅に減っていたりして、論外。フィニー版は、原作には忠実なんだけど、やはり時間的制約のため、真相解明のプロセスが単純化されていた。とはいえ、それ以外の部分は映像もセットも衣装も素晴らしい。大好きな作品だ。

問題なのがスーシェ版。これも謎解きは超シンプル。その代わりに、犯人と対峙《たいじ》する時、びっくりするくらいポワロが悩み苦しみ、自己崩壊寸前まで追い込まれる。人間ドラマとしてはありだと思うけど（好きじゃないが）、あの原作の映像化としては、納得出来ない。なぜなら、クリスティーはそんな風に書いていないから。原作を読んでも、ポワロが苦悩する文章はどこにも見当たらない。シェークスピアのような古典なら自由脚色も許されるけど、クリスティーでそれをやってはいけないような気がするのだ。

「オリエント〜」の映像化でもっとも原作に近いのは、野村萬斎さんがポワロこと勝呂《すぐろ》武尊《たける》を演じたテレビバージョン。つまりは僕が脚色した日本版だと、半ば本気で思っている。前後編合わせて合計五時間の大作。テレビなので名探偵の推理にもたっぷり時間を割くことが出来た。

確かに設定は日本になっているし、「オリエント急行〜」なのに、肝心の「オリエント急行」が出てこないし、なにより真相が分かった後、もう一度事件を振り返って、今度は犯人側から描くという、原作にはまったくない部分が全体の半分を占める。一体どこが忠実なんだと激怒される方もいるだろうが、それでも原作を映像化した部分に関しては、かなり忠実に描いたつもりだ。

テレビドラマとしては展開が遅く、多少もたつく危険もあったけど、僕はあえて原作を尊重した。理由は簡単。クリスティーがミステリーとして完璧なものを書いてしまったから。手を入れれば入れるほど、矛盾が生じ、せっかくの面白さが台無しになってしまうからである。

スーシェ版をベストと考える人もいれば、最新作こそ決定版と思う人もいるだろう。それぞれの意見があって当然だけど、ここはやはり萬斎バージョンを推させて頂きます。

今度は「アクロイド」

アガサ・クリスティー原作のテレビシリーズ「名探偵ポワロ」はイギリスの民放局などの制作。それを僕は前回、公共放送のＢＢＣと書いてしまった。まったくの勘違い。早速、多くの方々からご指摘を頂き、遅れて掲載される地方では直すことが出来た。申し訳ありませんでした。

今回もクリスティー絡みの話。彼女の代表作「アクロイド殺し」が日本でドラマ化され、僕が脚色を担当する。「オリエント急行殺人事件」に続く名探偵・勝呂武尊シリーズの第二弾だ。

原作は出版された当時、トリックがフェアかアンフェアかで大論争を巻き起こした。ちなみにこの場合のトリックというのは、犯人が犯行を隠すために使うトリックではなく、作者が読者に対して仕掛けたトリックという意味。（そんな馬鹿なことがあるか。犯人なんか分かるわけないじゃないか）と激怒する否定派の言い分も分かる。でも僕は肯定派。最初に読んだ時は、お茶目《ちゃめ》なクリスティーおばさんの（どう、驚いた？）と微笑《ほほえ》む顔が頭に浮かんで嬉《うれ》しくなってしまった。

ミステリー史上の名作として評価が定着したこの作品を、今でも否定する人がどれくらいいるか知らないが、少なくともこのトリックによって「アクロイド殺し」は、「オリエント〜」と並ぶ「意外な犯人」プラス「でもだいたいの人は読む前から犯人を知っている」クリスティーの代表作となった。

脚色するに当たり原作を読み直して気づいたのは、「アクロイド殺し」の魅力は「意外な犯人」だけではないということ。少しずつ真相が分かってくるサスペンス。読者の推理を誤った方向に誘導するミスディレクションの巧みさ。本格推理小説を読む時の醍醐味《だいごみ》が詰まっている。これはとても緻密《ちみつ》でよく出来ている探偵小説なのだ。

よって僕は今回も設定を日本にする以外、可能な限り原作を忠実に脚色した。劇中で殺されるのは一人だけ。それでも三時間の長尺を十分もたせられる力が原作にはある。僕の仕事はただそれを台本の形にスライドさせるのみ。それがクリスティーをドラマにする時の一番の方法だと僕は思っている。

その上で、例の大仕掛けをどう扱うか。「○○が犯人」という意外性は映像的ではないにしても、忘れがちではあるが「○○が犯人」ということは、同時に「××が犯人」という側面を持っている。そしてこの「××が犯人」というのは、映像としても十分描くことが可能。そちらを強調することで、原作の意外性に近づけるのではないか、と考えてみた。分からない方にはまったく分からない文章でごめんなさい。

昭和二十七年。とある村で起きた大富豪殺人事件。引退して村はずれでカボチャの栽培をしていた勝呂（野村萬斎）は、隣家の医師（大泉洋）を半ば強引に助手にして、真相究明に乗り出す。原作の被害者アクロイド氏を黒井戸氏に置き換え、タイトルは「黒井戸殺し」。最初は驚きの声を足して「あっ！黒井戸殺し」にしようと思ったが、「喜劇ではないので」とプロデューサーに却下されました。

獅童さんは「元悪ガキ」

中村獅童さんと初めて仕事をしたのは、今から十六年前（二〇〇二年）のテレビドラマ「HR」。お客さんの前で公開生放送風に三十分のドラマをノンストップで収録する、風変わりなドラマだった。僕は脚本と演出を担当し、舞台となる夜間学校の生徒役で獅童さんが出演した。新作の舞台を毎週上演しているようなもので、それはそれはしんどい作業だったが、他のドラマと違い、僕自身が稽古と本番に立ち会えたので、役者さんと密に話し合いじっくり芝居を作ることが出来た。

獅童さんは、映画「ピンポン」で世間の認知度が飛躍的に上がった直後。見た目の怖さ（スキンヘッドで目つきも鋭い上に、眉毛がない）に加え、映画の新人賞を総なめにした演技力。本業はなんと歌舞伎俳優。さらに叔父さんはあの名優萬屋《よろずや》錦之介。要素が多過ぎて、逆にイメージが摑《つか》めない、得体《えたい》の知れない「新人俳優」だった。会ってみると、その強面《こわもて》の後ろに、ちょっと弱気なところやお茶目《ちやめ》な部分を発見。そこを拡大してクラス一の問題児、暴力的だが繊細な「鷲尾くん」が誕生した。

二〇〇四年「新選組！」では架空の登場人物で、近藤勇の幼馴染《おさななじ》みの捨助を演じて貰《もら》った。近藤と土方《ひじかた》にひたすらつきまとう厄介者。幕末の重要事件にことごとく巻き込まれる不運の男でもあった。獅童さんは持ち前の愛嬌《あいきょう》とふてぶてしさで、一年を通じ、魅力的な捨助を演じてくれた。僕も筆が乗って、役がどんどん膨らみ、途中、鞍馬天狗になりかけるところまで行ってしまった。

そして今回、久々に一緒に仕事をすることに。新作舞台「江戸は燃えているか」で獅童さんが演じるのは、主人公の勝海舟。甘えん坊でわがまま。臆病でいながら、気が短いという最低最悪の男。もちろん実際の海舟がこんな人だったとは思わない。今回はあくまで、コメディーの中の登場人物としての「海舟」だ。

台本の段階で、はちゃめちゃに描かれた海舟を、獅童さんはさらにはちゃめちゃに演じる。おそらくこれまで舞台や映像に登場した海舟の中で、はちゃめちゃ度はトップクラス入り確定だろう。

かつては演じる役も素顔も、共に「歌舞伎界の悪ガキ」的イメージだった獅童さんだが、久しぶりに会った彼は、堂々としていて、思慮深くて、大人の風格を漂わせる「歌舞伎界の元悪ガキ」になっていた。

時代劇を知らない若い役者に、所作のノウハウを丁寧に教えるその姿には、かつての「鷲尾くん」のイメージはない。金色の髪だけがやんちゃ時代を彷彿《ほうふつ》とさせる。それでいて芝居になると、昔のパワー×3くらいのハイテンションで周囲を圧倒し、クライマックスにおける見せ場になると、もう涙が出るくらい格好いい。アドリブで盛り上げるシーンでは、磯山さやかさんやずんの飯尾《いいお》さんといったバラエティー系の人々を相手に、とてつもない精度の突っ込み芸を披露。僕はそこに中村勘三郎さんの面影を重ねずにはいられない。

人は成長する。役者も成長する。

「殿堂」が笑いで揺れる

幕末の江戸無血開城をテーマにした新作舞台「江戸は燃えているか」が開幕した（二〇一八年三月三日）。今回はコメディーである。お客さんに笑って頂くことだけを目的にした芝居を作るのは、「酒と涙とジキルとハイド」以来、四年ぶりである。

今回は笑いのバリエーションにも工夫を凝らした。基本は定番の「勘違い」「すれ違い」から来る笑いだが、そこに普段僕がやらないタイプの笑いもプラスしている。

偽者の西郷吉之助（隆盛）や偽者の勝海舟が登場するのだが、それがどう見てもニセというチープな仕上がり。なのに誰もが本物と信じてしまう「そんな馬鹿な」的笑い。さらには演者が共演者にアドリブで突っ込む、本来なら禁じ手の笑い。それが出来たのはひとえに、劇場が新橋演舞場であり、突っ込むのが中村獅童さんだから。

客席の上に提灯《ちょうちん》がズラリと飾られているこの劇場には、「なんでもあり」のおおらかさがある。

そして優れた歌舞伎役者さんは必ず持っている、舞台上で起こることはどんなことでも成立させてしまう懐の深さ。なにしろ獅童さんが現れた襖《ふすま》が、彼の後ろで自動的に閉まっても、まったく違和感がないのだ。普通の役者さんではこうはいかない。

新橋演舞場といえば「松竹新喜劇」。まさに喜劇の殿堂でもある。中村勘三郎さんの「浅草パラダイス」に始まる「浅草」シリーズ、最近では渡辺えりさん、キムラ緑子さんコンビの「有頂天」シリーズ、三宅裕司さんたちの「熱海五郎一座」も人気演目だ。新橋演舞場に笑いを求めてやって来るお客さんたちは確実にいる。喜劇を作るからには、その方々を満足させなくてはならない。おのずとこちらも力が入るというものだ。

喜劇映画の面白さを伝える表現で、たまに「一分に一回は笑える」というフレーズを見かけるが、六十秒おきにしか笑えない喜劇は、実は喜劇としては失格。僕の理想は「十秒に一回」だ。だがそれはあくまで理想であって、映画にしろ舞台にしろ、十秒に一回の割合で観客が笑い続ける作品（二時間だと七百二十回）に僕は出会ったことがないし、当然自分でも作ったことがない。

そもそも全編通じて十秒に一回となると、最初の笑いは幕開き十秒後に来なければならず、これは至難の業だ。よっぽど面白い顔の人が出てくるとか、犬だと思っていたら人だったとか、そんなことくらいしか思いつかない。僕の作品みたいに、シチュエーションや会話で笑いを紡いでいく場合は、どうしても状況説明、いわゆる「フリ」の部分が長くなる。だがそこを乗り切れば、後は、別に誰かが面白いことを言ったり、おかしな動きをしなくても、ごく普通の会話をしているだけで、観客を爆笑させることも可能になるのである。

今回の「江戸〜」も、序盤は静かに始まるが、一幕の終盤では十秒に一回どころか、三秒に一回くらいの頻度で客席は爆笑に包まれる。千人以上が一度に笑う時のパワーは凄《すさ》まじく、劇場中が揺さぶられているように感じる。そんな客席の様子を舞台袖からそっと覗《のぞ》く。喜劇作家にとって至福の時間である。

こんな「新人」は初めて

新作舞台「江戸は燃えているか」に出演している女優の中で、もっとも異彩を放っているのが八木亜希子さん。なんと今回が初舞台である。大学時代にミュージカル研究会にいたが、どうやら会計係だったらしい。

最近はドラマで見かけることも多くなり、女優さんと思っている人も多いかもしれないが、八木さんは元フジテレビのアナウンサー。二十世紀後半、それまでニュースを読むのがメインでどちらかと言うと硬いイメージだった「女性アナウンサー」を、バラエティー番組にも進出して、視聴者にとってより身近な存在の「女子アナ」に変貌《へんぼう》させたパイオニアの一人である。

今から十七年前（二〇〇一年）、僕の映画「みんなのいえ」に出て貰《もら》った。それが彼女の女優業の始まり。日頃テレビで見る八木さんの笑顔が魅力的なのと、コント番組に出た時の動きのキレの良さから、この人は女優さんも出来るはずとピンと来た。僕の大好きなシャーリー・マクレーン、特に「アパートの鍵貸します」の彼女に少し面影が似ているのも抜擢《ばってき》の理由のひとつ。
八木さんは狙い通り、マイホーム作りに勤《いそ》しむ新妻の役をとてもチャーミングに演じてくれた（夫役はココリコの田中直樹さん）。当時、映画出演はあくまで「思い出作り」と公言、その時は役者としてやっていくつもりはなかったようだが、その後も本数は少ないが着実にキャリアを重ねて現在に至る。

今回、久しぶりに演出家として彼女と接したが、その進化には目を見張った。昔のような「照れ」がまったく見えない。やらせておいてこんなことを言うのもなんだが、「よくそんな面白い顔が出来るな」とか「人前であんなことして恥ずかしくないのだろうか」と思ってしまうようなことを、ためらいなくやってくれる。しかも楽しそうに。声もよく出るし表情も豊か。夫役の中村獅童さん相手に生き生きと芝居をしている様子からは、真面目にニュース原稿を読んでいた姿はまったく想像出来ない。

しかも幕が開いてから驚いたのだが、この新人舞台女優はたまにアドリブをかます。舞台上で何かアクシデントが起こると、機転を利かせて、台本にない台詞《せりふ》でその場を取り繕う。お客さんも大喜び。しかもそんな時の八木さんは実に嬉《うれ》しそうなのである。長年バラエティーや情報番組の司会で培ってきた経験が見事に生かされている。こんな新人は初めて。

素顔の八木さんは、喋《しゃべ》り方はおっとりしているけど、頭の回転の速い聡明《そうめい》な人。そしてやはりシャーリー・マクレーンに少し似ている。

付き合いは長いが、他人の悪口を言っているのを見たことがない。人の悩みにも真剣に耳を傾ける。答えを出すのは遅いが、彼女の出した答えは決して間違っていない、そんなイメージ。

そのくせ稽古場では、他の役者が台詞を噛《か》んだり、タイミングを間違えたりすると、誰よりも嬉しそうに笑う、ブラックな面も持ち合わせている。自分の楽屋と間違えて、男性俳優が着替えているところへ平然と入っていく、すっとんきょうなお人である。

息子、勝海舟にドキドキ

息子は三歳九カ月になった。僕の関わる芝居は、稽古場や劇場に必ず一度は連れて行くことにしている。別に自分と同じ道を歩かせたいとは思わないけど、父親として出来ることは、やはりしてやりたい。息子は、役者さんたちに交ざって楽しそうに話し、舞台上のセットを興味津々に見学してまわる。既に演劇の世界にある程度の関心は持っているようだ。

もし彼が将来、宇宙飛行士になりたいと言ったら、そうすればいい。だとしてもこの経験は無駄になったとは思わない。ＪＡＸＡの慰安会で、飛行士仲間とお芝居を上演する際、少しは役に立つはずだ。

先日、「江戸は燃えているか」が上演中の新橋演舞場に連れて行った。客席だと声を上げたり騒いだりしたら困るので、客席の一番後ろにある、ガラス張りのスタッフ用ブースに入れて貰《もら》った。

これまで観《み》た僕の舞台では、「子供の事情」が息子の一番のお気に入り。登場人物が全員小学生だし、ミュージカル仕立てになっていたので、観やすかったのだろう。それに比べると今回の「江戸〜」はハードルが高い。なにしろ歴史ものである。江戸城無血開城がテーマである。歴史の知識がゼロの息子にとって、おそらくちんぷんかんぷんであることは間違いない。「薩長が攻めて来る」という台詞《せりふ》を聞いても、一体何が攻めて来るのか、まったく想像がつかないだろう。「怪獣サッチョー」を思い浮かべるので精いっぱいのはず。そもそもチョンマゲの人を見ても、それがかつての日本の風俗であったことも知らないのだから、訳が分からない。稽古場では、中村獅童さん演じる勝海舟の熱演を目の当たりにして、「かつかいしゅうは面白いねえ」としみじみ語っていた息子だが、もちろん実在の人物であることは知らない。

幕が開いてから、しばらくは食い入るように観ていた息子だったが、案の定、一幕の後半あたりから落ち着きがなくなり、幕が下りて休憩になると「もう帰ろう」と言い出した。さすがにこれは無理だったか、でもまあ仕方がないと、後は楽屋を回って、役者さんたちに挨拶《あいさつ》をして帰宅した。

その夜、二人でお風呂に入った時、感想を聞いてみた。「今日のお芝居はどうだった?」「怖かった」と息子。「だから途中で帰りたくなったんだよ」「どうして怖かったの? お客さんは笑ってたじゃない」「怖かったというか、ドキドキしたんだよ。偽者の勝海舟がいるところへ、本物の勝海舟が帰ってきたから、いつかバレると思って」。どうやら一幕の後半で息子が落ち着かなかったのは、話に入り込み過ぎて、緊張感に耐えきれなかったかららしい。

息子は想像以上に、物語を把握していた。僕は子供を育てたことがないので、そんなことは三歳児なら普通なのかもしれないが、そんなことはどうでもよい。僕は息子自慢をしたいわけではない。人間て凄《すご》いと思ったのだ。誕生して三年九カ月しか経っていない子供の「理解度」と「感性」。そしてなにより、息子にそれを伝えた、舞台上の役者たちの「技術」に、僕はため息しか出ない。

舞台で予測不能の事態

舞台は生ものだ。観客の目の前、やり直しがきかない状態で、役者たちは演じなければならないのだ。どんなアクシデントが起こるか、予測不能。

僕の場合、大学時代から芝居をやっているので、かれこれ四十年弱。その間に体験したのは、初日直前の役者交代が二回、幕が開いてからの役者交代が二回（そのうちの一回は僕自身が代役を務める）、自分がインフルエンザで出演を断念したのが一回。そして客席に観客としていた時、出演者の体調不良で急きょ舞台に上げられたのが一回。これが多いか少ないのかは統計を取ってないのでよく分からないが、なんとなく多いような気がする（そのうちの二つは、なんと今年に入ってからだ）。

その日（二〇一八年三月十九日）、僕は一週間ぶりに新橋演舞場に来ていた。もちろん自分の作品「江戸は燃えているか」を観《み》るためである。

演出家の役目は初日の幕が下りるまでだと思っている。お客様から同じ額の代金を頂いている以上、初日と千秋楽とで、芝居が変わっているのはよくないという考え。だからこそ、やれることは初日までにすべてやり終えていなければならない。もちろん演出家によっては、千秋楽まで足繁《しげ》く通ってダメ出しを続ける人もいる。それに異を唱えるつもりはない。僕の場合も、さっきの話はあくまで理想論。実際は、幕が開いても数日は劇場に通って、微調整を繰り返す。だってやはり気になりますから。特に喜劇の場合は、お客さんの反応によって初めて気づくことも多い。開幕して一週間くらいは、劇場に通うことになる。

次の舞台「酒と涙とジキルとハイド」(四年前の再演)の稽古が急にお休みになったので、劇場に顔を出した。自分の芝居を観る時は、客席ではなく、役者さんたちには多少迷惑かもしれないが、舞台袖から覗《のぞ》くことにしている。客席には一人でも多くのお客さんに座って頂きたいから。今回のように連日、当日券を求める行列が表に出来るような公演の場合は特に。

久々に観る舞台。既に中日も過ぎており、役者たちは完全に役を自分のものにしていた。既に覚えた台詞《せりふ》を思い出すというレベルではなく、まるでその瞬間に自分で思いついて喋《しゃべ》っているようにしか見えない。つくづく役者さんて凄《すご》いなあ、と思う。お客さんの反応も上々。これ以上手直しする必要も感じられず(台本上の反省は多々あるにしても)、幸せな気持ちのまま、劇場を去るお客さんと帰り道が一緒になると恥ずかしいので、先に失礼することにする。終演の少し前に、僕は一旦《いったん》自分の楽屋に戻った。

スピーカーから聞こえてくる舞台の様子が、いつもと少し違う。勝海舟の娘ゆめを演じる松岡茉優さんの台詞に張りがない。まさに消え入るような声。いやな予感がした。急いで舞台袖へ戻ると、隅の方にスタッフたちが集まっている。彼らの足下には、赤い着物姿の松岡さんが横たわっていた。ぴくりとも動かない。出番を終えた役者さんたちが心配そうに見守る。松岡さんは、自分の出番を終えると、倒れるように袖に駆け込み、そのまま意識を失ってしまったらしい。

娘の役を僕が代わって

舞台「江戸は燃えているか」。勝海舟の娘ゆめ役の松岡茉優さんが倒れたのは、昼公演が終わった直後だった。駆けつけたお医者さんの診断は、過労による貧血と脱水症状。大事に至ることはないが、夜公演は無理ですと、ドクターストップが掛かった。

プロデューサーら関係者が集まっての緊急会議。開演まであと二時間。普通に考えれば公演中止以外に道はなかった。重苦しい沈黙の中、僕は言った。「幕は開けましょう。茉優さんの代役は僕がやります。おおまかな内容は頭に入っています。なんとかなりますよ」

中止となれば、今のスケジュールでは振替公演は無理だった。お客さんに払い戻しするしかなく、顔馴染《かおなじ》みのプロデューサーたちが対応に追われて四苦八苦する姿は見たくなかった。

それ以上に気になったのが、今日の公演を観《み》に地方からやって来た多くのお客さんのこと。劇場の受付には、いつも沢山《たくさん》の旅行鞄《かばん》が並ぶ。泊まりがけで来てくれた人たちが荷物を預けているのだ。それを考えるとどうしても幕を開けたかった。

　復帰した時の松岡茉優さんのメンタルな部分も心配だ。まだまだ公演は続く。彼女のためにも損害は少ない方がいいと思った。

　あの時の僕らの決断が正しかったかどうかは、今も分からない。演劇を愛する人からすれば、芝居に対する冒瀆《ぼうとく》なのかもしれない。稽古もしていない素人が舞台に立つ。そんな無様なものを見せるくらいなら、なぜ中止にしなかったのかと、後で何人かに言われた。しかしあの時、中止の選択肢は僕にはなかった。

　一見無謀なアイデアだけど、実は勝算があった。自分で言うのもなんだが、今回の台本はかなりしっかりと構築されている。なにしろ締め切りを数カ月も延ばして熟考して書き上げたホンだ。出演者の一人が急きょ代役になったくらいでは、びくともしない自信があったのだ。

　茉優さんの役が娘というのもプラスポイントだと思った。これが飯尾和樹さん演じる幕臣山岡鉄太郎だったら、僕が演じることにそれほど無理がないから、逆に「演じられていない」部分が目立ってしまうだろう。台詞《せりふ》が棒読みであるとか、動きがぎこちないとか。しかし茉優さんと僕とではあまりにかけ離れている。なにしろ娘役。お客さんは別物として捉《とら》えるしかないではないか。巨大な違和感の前では、多少の粗《あら》はどうでもよくなる。そんな冷静かつ楽観的な計算の上での「無謀」だった。

　僕の提案にスタッフは乗ってくれ、正式に公演決行が決まる。プロデューサーには、開幕の前にお客さんに事のなりゆきを説明させて欲しいとお願いした。僕が代役をやることに不満な方には、代金を払い戻す。観終わってから、納得いかないと感じた人がいたら、その時も払い戻す。それを予《あらかじ》めお伝えした上で幕を開けましょう。

開演三十分前。何も知らないお客さんたちが劇場に入ってきた。その時僕は、緞帳《どんちょう》の裏で、台本を見ながら、茉優さんの動きを必死に確認していた。

代役をみんながフォロー

松岡茉優さんが体調を崩し、急きょ代役として舞台「江戸は燃えているか」に出演することになった話の完結編。

作・演出家でも、すべての台詞《せりふ》を覚えているわけではない。うろ覚えで舞台に立つことも考えたが、それでは芝居の進行が滞る。台本は持って出ることにした。問題は衣装。赤い着物は茉優さんには似合っても、僕が着るとおぞましいだけ。自分が演じることで、余計な笑いが起こるのは避けたい。そこで急きょ黒衣《くろご》の衣装を用意してもらう。

開演十五分前。ステージ上で一人、動きの確認をしていると、中村獅童さんと松岡昌宏さんがやって来た。「幕は開けるべきだと僕も思ってました」と獅童さん。「何かあったら、皆でバックアップします。任せて下さい」と松岡さん。「まさか三谷さんとこんな形で共演出来るとは」と笑う主役の二人。さすがに緊張していた僕が、その笑顔でどれだけ救われたことか。

まず僕が舞台に立ち、お客様に状況説明を行った後、芝居が始まった。勝ち気&無邪気な海舟の娘ゆめを、五十代の男性が演じる理不尽さに、案の定、観客は戸惑っていた。緊張感が劇場中に充満していた。だが、役者たちは平然と芝居を続けた。やがて、観客の皆さんもこの芝居の見方が分かったらしく、十分後には普通に見入っていた。松岡茉優さんで笑うシーンで、僕でも同じ反応が起こった時、（お前でもいいよ）とようやくお許しを貰《もら》えたような気がした。

僕は何度も台詞を飛ばし、立ち位置を間違えた。そんな時は、舞台上でそばにいることの多い高田聖子《しょうこ》さんと田中圭さんが見事にフォローしてくれた。僕が忘れたと思った瞬間、代わりに台詞を言ってくれたり、どこに立つのか分からなくなった僕をうまく芝居で誘導してくれたり。出番を終えて袖に引っ込む度に「良かったです」と涙目で応援してくれる妃海風《ひなみふう》さん、ガッツポーズでエールを送ってくれる磯山さやかさんにも励まされた。汗だくの僕を見て、暢気《のんき》に笑っている八木亜希子さんの姿も不思議と心を和ませた。

舞台上で驚いたのは、初めて至近距離で目にする役者たちの顔が、普段とまったく違うこと。あんなに演技に悩んでいた吉田ボイスさんが完全に役の顔になっている。中村蝶紫《ちょうし》さんは本当の老婆にしか見えない。あの飯尾和樹さんですら、役になり切っていた。西郷隆盛役の藤本隆宏さんに至っては、その迫力に、睨《にら》まれた瞬間に気を失いかけた。本当に役者って凄《すご》い。

松岡茉優さんは翌日から復帰、僕の出演は一回だけで終わった。幸い、払い戻しを求めてこられた方は一人もいなかった。もちろん茉優さんがいた方が完成度は高いに決まっているが、なんとか芝居を成立させようと役者・スタッフが必死に頑張ったあの夜の公演は、それはそれで感動的だったのではないだろうか。

たまたまその回を観《み》た、知り合いの放送作家から届いた感想メールを最後にご紹介。「素晴らしかったです。なにより感動したのは、出演者の誰もが、あなたをいじったり突っ込んだりするのを最後まで我慢したことでした」

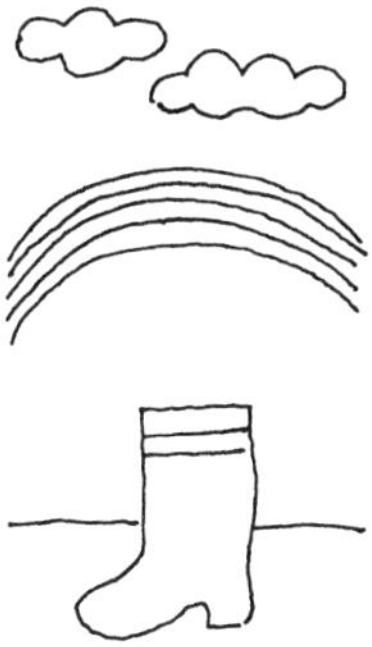

ウルトラヒーローに夢中

以前、息子（三歳）と「ウルトラマン」を観直《み》していると書いた。最近は、シリーズ最新作「ウルトラマンジード」に親子共々《ともども》はまっている。息子がいなければ絶対に観る機会がなかった。彼に感謝だ。

二世代にわたってウルトラヒーローに夢中になれる幸せ。そしてこの五十年の間に物語の中でもウルトラセブンにもゼロという子供が生まれ、「ジード」でもサブキャラクターとして活躍している。感無量である。怪獣と戦うゼロを観る度に、（あの鋭い目は、お父さん譲りだなあ）と、目頭が熱くなる。

内容も昔とは大きく変わった。科学特捜隊やウルトラ警備隊といった、地球防衛軍的なチームは出てこない。主人公の朝倉リクはどこにでもいる十代の青年。そもそも「ジード」は、彼の口癖「じーっとしててもどうにもならねえ」の略。衝撃的だ。

「ジード」はリクとジードの成長の物語だ。ただただ怪獣退治に明け暮れていたかつてのマンやセブンと大きく違う点はここにある。もちろん彼らも様々な悩みを抱えていたけれど、ハヤタ隊員やモロボシ・ダンは既に大人であり、リクのような精神的もろさは感じられなかった。朝倉リクはとにかく悩む。自分は何のために戦うのか。自分が守るべきものとは何か。

さらに彼には自分の父親が、宇宙を崩壊寸前まで追いやった、悪の化身ウルトラマンベリアルだという、大きな葛藤がある。まだDVDでシリーズ前半しか観ていないが、恐らく後半ではこのベリアルとの死闘が描かれていくのだろう。「スター・ウォーズ」のルークとダース・ベイダーの関係をさらにエキサイティングにしたジードとベリアルの親子対決は、想像しただけでも胸が高鳴る。

かつてのウルトラシリーズでは、ヒーローはラスト五分だけに登場した。彼らはヒーローではあったが物語の主人公ではなかった。そもそも彼らはほとんど喋《しゃべ》らなかった。ダアッとかシュワッチとか、力が入った時にわずかに吼《ほ》える程度だった。それが近年のシリーズでは、会話しまくっている。ゼロの決め台詞《ぜりふ》は「オレに◯◯するなんて二万年早いぜ」。彼らは言葉を与えられることによって、個性が強調され、より人間的になった。「よく言うじゃねえか、主役は遅れてくるもんだって」なんてマンが言うところが想像出来るだろうか。

恐らく、ウルトラの父が登場し、ヒーローたちの人間関係がはっきりしてきたあたりから、描き方が変わってきたような気がする。これはもう宇宙を舞台にしたウルトラ一族の大河ドラマだ。

特に「ジード」はその印象が強い。父親が永遠のライバルというのは、大河ドラマで何度となく繰り返されてきたテーマだ。

よく悩み、よく喋るようになったウルトラヒーローたちが、怪獣と必死に戦っている姿を見ていると、もはや身長五十メートルである必要性がほとんどないようにも思えるが、それは言わないことにしよう。毎朝一本、息子と「ジード」を観ながら、僕は仲間思いのリクに完全に感情移入し、クライマックスではだいたい嗚咽《おえつ》。息子に手を握りしめて貰《もら》っている。

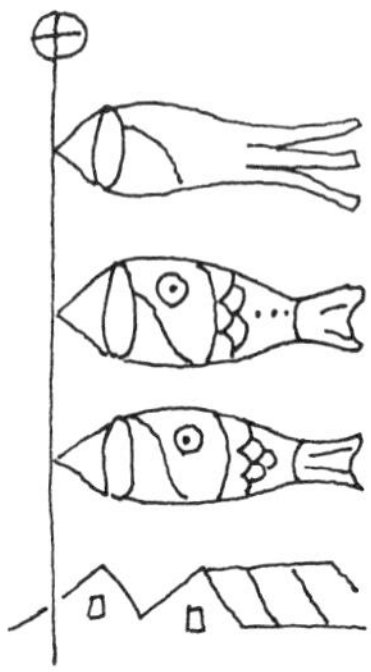

勝呂武尊は次に進む

アガサ・クリスティー原作「アクロイド殺し」をドラマ化した「黒井戸殺し」がオンエアされた（二〇一八年四月十四日放送）。僕は脚本を担当。原作を読みドラマも観《み》て頂いた方には分かって頂けたと思うが、全体の構成は極力クリスティーが考えたものに沿った。

設定は、さすがに日本人の俳優がイギリス人を演じると違和感しかないので、昭和二十七年の日本に置き換えた。あとは、原作を読み込んでいくと些細《ささい》な矛盾点が見えてきたので、そっと手を入れたのと、ラストで明かされる犯人の犯行動機にもひと工夫したくらい。原作よりも犯人に同情の余地を与えたのは、日本人向けにお涙要素を加えようと思ったからではない。原作の、名探偵エルキュール・ポワロの犯人に対するある「配慮」が、もうひとつ現実的ではない気がしたので、僕なりに補強したつもりだ。

読んでない人にはなんのことか分からないでしょうね、ごめんなさい。ミステリーなので、古典的名作といえども、ネタバレになる部分ははっきり書くわけにはいかないのです。

ドラマは幸い好評。知人が視聴者の皆さんのツイッターの反応を集めて送ってくれた。クリスティーファンにも概《おおむ》ね評判がよく、ほっとした。

原作を知らない人は真犯人が判明した時、かなり驚いたようだ。約一時間（全体の三分の一）に及ぶ謎解きシーンも飽きずに観て頂けたみたい。それはまったくもって原作者クリスティーの力と、緊迫感に満ちた演出をしてくれた城宝秀則監督の力。もちろん僕の力もそこそこ役立ってはいるが、たった一度の殺人事件で三時間という長丁場をもたせることが出来たのは、やはりクリスティーの原作が素晴らしかったからだ。そして僕はそれが嬉《うれ》しくてたまらない。

僕が原作を読んだ時に感じた、ポワロの謎解きによって徐々に犯人が絞られていく、あのワクワクドキドキゾクゾクを、視聴者も同じように感じて欲しいという、クリスティーファンの一脚本家の思いは、どうやら達成出来たようだ。アガサ・クリスティーという作家が天性のストーリテラーであることを知った人たちが、原作や彼女の他の小説に手を伸ばして貰《もら》えると、こんなに幸せなことはない。

残念なことに、「黒井戸殺し」の視聴率はそれほど高くはなかった。他局で放送されたクリスティー原作スペシャルドラマの方が数字は高かった。そちらは設定を現代に置き換え、ストーリーにオリジナル部分も加え、演出も派手めで、視聴者が飽きない工夫を随所に凝らしていた。僕が観たいクリスティー原作ドラマではなかったけど、視聴率がすべてに優先されるテレビの世界では（そして僕はそれが悪いことだとは思っていない）、僕らのクリスティードラマは完敗だ。

でも同時に、視聴率がすべてではないことだって、テレビで働く人々は当然、分かっているのである。数字は取れなくても僕らには面白い作品を作ったという自負がある。そんなわけで、名探偵勝呂《すぐろ》武尊《たける》シリーズは次回作に向けて動き始めている。

台湾で笑いの雪だるま

上演中の舞台「酒と涙とジキルとハイド」(二〇一八年四月二十七日~五月二十六日)は、四年前の作品の再演だ。これに先立ち、台湾の国際芸術フェスティバルに参加、台北ナショナルシアターで上演を行った(二〇一八年三月三十日~四月一日)。

僕の作品の中でも、特に馬鹿馬鹿しい内容で、よくこんなものを招聘《しょうへい》してくれたなと不思議だった。なにしろ台湾を代表する劇場。普段は正統派の演劇を上演しているところだ。公演当日、芸術監督のエイミーさんに聞いてみたら「真面目な作品は他に沢山《たくさん》やってますから」とあっさり言われた。

テンポの速い台詞劇《せりふげき》なので、中国語字幕には力を入れた。翻訳をしてくれた通訳のセンさん、台詞に合わせて字幕を出す操作係のナオミさんらと細かく修正を繰り返し、タイミングにも神経を使った。

あまりに目まぐるしく、まるでパラパラ漫画のように映し出される字幕（当然中国語なので漢字オンリー）に、果たしてこれで現地の人はついてこられるのかと心配だったが、「大丈夫です」とセンさん。漢字の国に住む人々にとっては、字幕は読むというより、カメラのシャッターを押す感覚らしい。確かに僕らも漢字を読む時、例えば「台湾」を「台」と「湾」に分けて読まない。「台湾」が同時に目に飛び込んできて、瞬時に意味を把握する。それが漢字の持つ強み。むしろ字幕には向いている文字なのだ。

実際に上演してみると、日本の初演と同じくらい、いや、それ以上の笑いに客席は包まれた。日本だと客席が沸くと次の台詞が聞こえなくなってしまうので、笑いが収まるのを待つ「笑い待ち」が必要。だが、字幕の場合は台詞を目で追っているので、それがいらないのだ。だから笑いと笑いの間に隙間が出来ない。矢継ぎ早に繰り出される字幕によって、どんどん増幅されていく笑い声。まるで目の前で雪だるまがみるみる大きくなっていくかのように、それは膨らんでいく。千五百人の観客が一斉にくすぐられているような、絶え間ない爆笑。あんな光景を見るのは生まれて初めてだった。

そもそも台湾の観客は、芝居の楽しみ方を知っている。登場人物の動向に一喜一憂し、盛り上がるところでは信じられないくらい盛り上がる。終わり近く、迫田《さこだ》孝也さん演じる、ジキル博士の助手プールが、さんざん事態を混乱させた揚げ句、自ら蒔《ま》いた種で窮地に立った時は、爆笑と共に客席は「思い知ったか！」的な空気に包まれ、歓喜の指笛も方々で鳴り響いた。それはまるでグラディエーターの戦いに歓声を上げる古代ローマのコロシアムのようであった。

日本では絶対に起こらない状況に、僕は胸が熱くなったし、舞台上の迫田さんも戸惑い半分、感無量のように見えた。このまま台湾に活動の拠点を移したいと一瞬思った。けれど、こんなに温かい観客に囲まれていたら僕も迫田もダメになる、とすぐに考えを改める。やはり日本の静かな観客の前で腕を磨き、もっともっと面白い作品を作って、また向こうに持って行くことにします。

台湾の皆さん、待っていて下さいね。

四人芝居で理想の再演

まず訂正とお詫《わ》び。前回、「酒と涙とジキルとハイド」の台湾公演で、字幕操作をしてくれた女性をナオミさんと書きましたが、ナルミさんの間違いでした。日本のテレビドラマ「あすなろ白書」が大好きで、その登場人物から採ったお名前だそうです。大変失礼いたしました。

その「酒と涙とジキルとハイド」は現在（二〇一八年五月）、日本で上演中。僕としては珍しい再演ものである。初演も再演も作るのに苦労するのは同じ。どうせ大変なら、一本でも多く新作を作りたい。今回は、台湾の皆さんからわざわざリクエストを頂いたのと、前回と同じスタッフ・キャストが揃《そろ》ったので、四年ぶりの再演が実現した。

公演に先駆けた雑誌の取材で、「前回に比べてどこが変わりましたか」とよく聞かれたが、実は台本も演出もほとんどいじっていない。

四年前を思い出す。いつものように悩んで悩んで稽古初日ぎりぎりに書き上げた台本。それを元に一カ月かけて、関係者が一丸となって作り上げた舞台。もっと時間を掛けて台本を練り込めば、もっとじっくり稽古を重ねていれば、さらに面白くなっていたかもしれない。しかし、そうやって一気呵成《いっきかせい》に作り上げた作品には、一気呵成の良さがあり、時間が経ってから手を入れると、必ず失敗する。直した部分だけ浮いてしまうのである。数少ない再演経験で、それを学んだ。

多少アラがあっても、一度お客さんの目に触れたものは、それで完成品なのだ。あまりいじってはいけないのだ。もちろん僕の作品に限ってのことですが。

だからと言って、舞台が初演の再現にとどまっているかと言えば、そうではない。そこが芝居の面白いところ。ホンも演出も変わっていないのに、全体の印象は大きく違う。確実に面白くなっている。お客さんの反応も初演に比べて遥《はる》かに大きい。それはなにより演者の力だ。

初演、台湾公演を経て、四人の役者さんの演技は明らかに深まった。息はぴったり、フォーメーションも完璧。一分の隙もない。まるで無敵チームのサッカーの試合を見ているような、爽快感。重厚さに軽やかさが加わった片岡愛之助さん。喜劇役者としてさらに磨きがかかった藤井隆さん。はじけっぷりが二百%増しの優香さん。

この四年間で自信をつけた迫田孝也さんも忘れてはならない。大河ドラマ出演をきっかけに、仕事の幅を大きく広げたことで役者として存在感が増した迫田さん。前回は三人芝居（愛之助・優香・藤井）プラスワンだったのが、今回はきちんと四人芝居になっているのが嬉《うれ》しい。つまりは、これって理想的な再演の形ではないだろうか。

それにしてもこの「酒と涙とジキルとハイド」が、こんなにも長く、愛される作品になるとは、正直、思っていなかった。韓国でもロングランしているというし。深いテーマもなければ、構成もシンプル。ただただ面白いものにしたいという思いだけで作ったお芝居が、こうしていまだに、お客さんを笑わせ続けている。喜劇作家冥利《みょうり》に尽きるとは、このことだ。

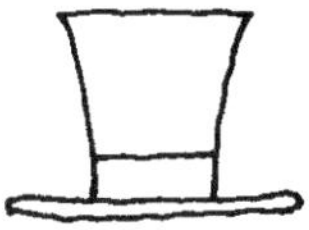

背中に痛い妖怪が

「酒と涙とジキルとハイド」の海外公演で台湾に行った時のことだ。日本を発つ日の朝、どうやら寝違えてしまったようで、首が回らなくなっていた。飛行機の中で「スリー・ビルボード」という映画を観《み》たら、これが滅法《めっぽう》面白く、ずっと同じ姿勢で観ていたものだから、台北に着いた時は、さらに悪化。制作スタッフさんにお願いして、滞在するホテル近くでマッサージをして貰《もら》えるお店を探して頂く。

そこで、かなり激しくごりごりとやられ、何度も悲鳴を上げそうになりつつも、これが台湾式というものなのだろう、今を乗り切れば明日はきっと楽になっているはずだ、とひたすら我慢。お店自体は決していかがわしいところではなかったから、きっとそこの施術方式が僕に合わなかったのだろう。残念なことに、翌朝、痛みは背中にまで広がっていた。

もみ返しということもある。今まで何度も経験している。放っておけば、いずれは治まるはずだ。その時は軽く考えていた。だが一週間の台湾滞在の間、背中の痛みは消えることがなかった。そもそもの発端である首の寝違えは治っていたが、痛みの範囲が広がった分、損した気分だ。

帰国してからも、まったく治らない。人生最大のもみ返し。まったく仕事に集中できない。パソコンの前に五分座っただけで、あまりの痛さに思考がストップする。うつぶせになって本も読めない。寝返りも打てないので熟睡も出来ない。これには心底まいった。

筋肉痛の問題点は、見た目が普通なので、なかなか人に辛《つら》さが分かってもらえないこと。包帯でも巻いていれば、「どうしたんですか。大変じゃないですか」と励まして貰えたかもしれないが、外見上はまったく普通だから、どんなに痛いかを僕が力説しても、それはまるで将来の夢を語っているのと同じで、相手はただただリアクションに困るだけ。「そうですか、頑張って」と言うしかない。

お腹《なか》を壊した時の痛みは、痛い時と痛くない時が、寄せては引く波のように周期的にやって来る。だが、筋肉痛はずうっと痛い。起きてから寝るまで、寝た後もズキズキ。こうなってくると、ずっと痛いのはもちろんだけど、それ以上に煩わしさが半端ない。まるで誰かが僕の背中に乗って、ずっと「痛い？　これも痛い？」と患部を指で押し続けているようなイメージ。分かったからあっち行けと叫びたくなる。妖怪というものは、きっとこうやって誕生したんだな、とふと思った。人間の恐怖や痛みの具現化。妖怪背押しジジイ。

方々《ほうぼう》の知り合いに整体やマッサージの先生を紹介して貰ったが、一向によくならない。話によれば、筋肉の損傷は、最低三週間過ぎたあたりから、少しずつ治っていくらしい。それを知ったのが最近で、それ以前にあちこちで揉《も》んで貰ったりしていたので、余計治りが遅くなったようだ。

寝違えから約二カ月。ようやくこのところ、快方に向かっている。さらば、もみ返し。

見た目はのほほんとしていたように見えたかもしれませんが、ホントに痛かったんですから、関係者の皆さん！

戸田さんがジュディに

戸田恵子さん六十歳を祝うスペシャルイベントとして、僕が書き下ろして演出した「虹のかけら～もうひとりのジュディ」(二〇一八年五月二十四日～二十七日)。ライブショーでもあり、朗読劇でもあり、どう形容したらいいかよく分からない。戸田さんによれば、こういったお芝居形式のライブステージはブロードウェーでは「ショーケース」と呼ばれているらしい。

そもそも戸田さんからのリクエストは、実在した女性シンガーの一代記がやりたい、というものだった。彼女の歌をステージで再現しつつ、その人生を一人芝居で見せていく。そんな感じのものが出来ないだろうか、と。

僕の場合、舞台は自分で企画から考えることが多い。でもこういったケースもないことはない。むしろ人から頼まれた時の方が、僕の中の「職人作家」魂に火が付き、完璧にリクエストに応えた作品を作ろうとやる気が出る。ここまで細かく具体的に発注を受けた仕事は、初めてだったが。

主人公を誰にするかは、僕に一任された。世界の女優&歌手の伝記や自伝をいろいろと読んだ末に、ジュディ・ガーランドにたどり着く。

言わずと知れたハリウッドの大女優。映画界で若くして頂点を極めるが、薬物中毒で精神を病み、話題作を次々と降板。製作会社MGMを解雇される。

普通ならここで終わりなのだが、彼女の場合はここからが凄《すご》い。活動の場をニューヨークに移し、ジャズシンガーとして再出発。ブロードウェーで行ったコンサートが大評判となってトニー賞特別賞を受賞。その勢いで映画界に戻って「スタア誕生」に主演するが、現場でのわがままや、素行の悪さで再び評判を落とし、アカデミー主演女優賞にノミネートされるも、これもグレース・ケリーに奪われる。

それを機に映画界から遠ざかるも、今度はカーネギーホールのライブを収録したアルバムが大評判となってグラミー賞を受賞。だが既に薬のせいで身体《からだ》はぼろぼろ。四十七歳で急死した時は老婆のようであったという。

人生の浮き沈みもここまで極端だと、むしろ爽快だ。このジュディの生涯を、長年苦楽を共にしてきた付き人の日記を朗読する形で、追体験していく。その合間に、「オズの魔法使」の名曲「虹の彼方《かなた》に」をはじめとして、ジュディが映画やライブで歌ったジャズのスタンダードナンバーを戸田さんが歌い上げる。

既に公演は終わった。上演時間八十分という小品ではあるが、女優戸田恵子のいいとこ取りというか、彼女の魅力のすべてが詰まったステージになったと思う。

戸田さんは、「虹の彼方に」を最初は戸田恵子として歌い、歌いながら徐々にジュディ・ガーランドになり、歌い終わった時は、完璧に「オズの魔法使」のオーディションで歌う十七歳のジュディになっているという離れ業を披露した。相当な歌唱力と演技力と茶目《ちゃめ》っ気と度胸がなければ、普通、こんなことはやらない。でも僕は戸田さんならやってくれると信じてこのシーンを書き、そして戸田さんは見事にやってのけてくれた。長年の戸田恵子ファンとして、こんなに嬉《うれ》しいことはない。

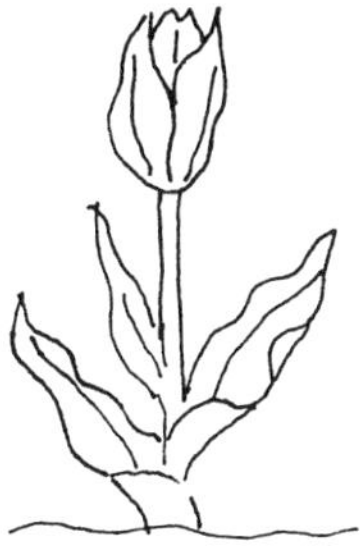

ダンゴムシと暮らす

息子がダンゴムシを拾ってきた。近所の公園で見つけたらしい。彼のダンゴムシの知識は、既に僕のそれを遥《はる》かに凌駕《りようが》している。こっちは今までの人生で、ダンゴムシについて考えたことはほとんどなく、触るとクルッと丸まる、フナムシに似た生物ということくらいしか知らない。

和菓子が入っていた紙の容器の中で、三匹のダンゴムシがうごめいていた。息子は彼らを飼いたいらしい。図鑑を調べて、ダンゴムシの飼育法について学ぶ。

まず、空のペットボトル（大）の下三分の一を切り取り、底に土を敷く。

この土を敷くという作業が、東京に暮らしていると、なかなか難しい。庭がないので、よそから持ってくるしかない。公園の土は勝手に頂くわけにはいかない。二人でさんざん町を探し回ったものの、結局見つからず、家に戻って、駐車場の片隅に食パンくらいの広さの地面を発見、そこの土を少しだけ貰《もら》って容器に敷く。

「ここにコンクリートの塊を置くんだよ」と息子。なんとダンゴムシはコンクリートを食べるらしい。息子によれば、彼らにとってそれは大事な栄養源。近所の工事現場から小さなコンクリの塊を頂いて、土の上に置く。三匹のダンゴムシがこのコンクリを食べ尽くすにはあと五百年くらい掛かりそうだ。

「次に新鮮な枯れ葉を用意して欲しい」と息子。枯れ始めということだろうか。家の周辺を探して、出来るだけ活《い》きのいい枯れ葉をゲット。コンクリの横に置いてやる。

これで完成、ダンゴムシの家。彼らを放してやると、嬉《うれ》しそうに丸まった。枯れ葉とコンクリがあれば餌はいらないというが、さすがに不安で、ニンジンの切れ端を一緒に置いておく。

深夜。息子は既にダンゴムシを忘れて熟睡していたが、こっちはどうにも落ち着かず、そっと覗《のぞ》きに行く。夜行性なのだろうか。彼らはびっくりするほど活発に容器の中をうろうろしていた。昼間、一匹だけ丸くなったまま微動だにしない奴《やつ》がいて、死んでしまったのかと不安だったが、そいつも嘘《うそ》のように元気にうろうろしている。

触るとすぐ丸くなる。危険を察知するとそうなるのだろうが、彼らがどのタイミングで「危険は去った」と判断するのか、その瞬間を見届けたくなり、しばらく凝視するが、見ている間は絶対に動かず、ちょっと目を離した隙に動き出す。真夜中にダンゴムシとせめぎ合いを繰り広げるも、結局一度もその瞬間を見届けることはなかった。

翌日の夕方、息子を説得して、彼らを自然に帰してやることに。息子は「春になってから自然に戻すんだよ」と言っていたが、まだ秋にもなっていない。知らない間に逃げ出すんじゃないかとか、イヌたちが容器をひっくり返すんじゃないかとか、ダンゴムシとの共同生活は、思いの外、ストレスが溜《た》まるのである。

「三匹のダンゴムシを、駐車場の片隅の小さな地面に放してやる。彼らは嬉しそうに丸まっていた。

息子が十匹のダンゴムシを連れ帰ってきたのは、その次の日のことだった。

女性の美は顎にあり

今まで一番繰り返し観《み》たミュージカル映画といえば、「メリー・ポピンズ」で決まり。最初はリバイバル上映を映画館で、それからビデオにＤＶＤ、そしてブルーレイ。何度繰り返し観たことだろうか。

子供の頃、理想の女性はジュリー・アンドリュースだった。こんなに美しい女性がこの世にいるのかと、驚愕《きょうがく》したものだ。特に横顔。鼻から顎《あご》に掛けてのラインの完璧さ。テレビで初めて演歌歌手の川中美幸さんを見た時も、こんなに美しい女性が日本にいたのかと思ったくらいだから、恐らく少年時代の僕の「美」の基準は、「顎」にあったようだ。そういえば、最近の女優さんの中で僕がもっとも美しいと思っているのは、瀬戸カトリーヌから瀬戸たかのに改名し、最近（二〇一八年六月）またカトリーヌに戻った、あのお方。やはり顎に力があるお顔をされている。顎好きは今も変わらないようだ。

話は戻って「メリー・ポピンズ」。

「チム・チム・チェリー」「2ペンスを鳩《はと》に」「お砂糖ひとさじで」「スーパーカリフラジリスティックエクスピアリドーシャス」、名曲揃《ぞろ》い。それほど話自体はドラマチックではないのに、曲の良さと映像の美しさ面白さで、退屈する暇がない。

映画が始まって、バンクス家にメリーがやってきて、子供たちと公園に遊びに行って、大道芸人バートが描いている絵の中に入って、散歩して、ペンギンと戯れて、これで既にお腹《なか》いっぱいなのに、ここから「スーパーカリフラ〜」の名場面に突入。なんという充実感。しかもさんざん絵の中で遊んで現実に戻っても、まだ本題にすら入っていないのである。こんなに中身が詰まって、しかも多幸感に溢《あふ》れた映画が他にあるだろうか。

その「メリー・ポピンズ」が舞台化された（二〇一八年三月二十五日〜五月七日）。これはもう観に行くしかなかった。

一体誰がメリーを演じるのか、それが問題だった。ジュリーは、実は原作のイメージとは若干異なるのだが、こちらはもう子供の頃から彼女で刷り込まれているので、あまりかけ離れて欲しくはない。と思ってキャストを調べると、濱田めぐみさんと平原綾香さんのダブルキャスト。

平原さんといえば、お父さんはミュージシャンの平原まことさん。僕の作・演出、服部隆之さん音楽のオリジナルミュージカル「オケピ！」のオケピでサックスを吹いて下さった。綾香さんは、この作品の大ファンで、何回も劇場に観に来てくれた。当時の彼女、僕のイメージでは小学生なのだが、計算するとどうやら高校生だったらしい。

平原綾香さん。まさにぴったりではないか。ジュリーに一歩も引けを取らないその歌唱力と顎。

そういえば「サウンド・オブ・ミュージック」の製作五十周年記念版のブルーレイでも、ジュリーの吹き替えをしていたっけ。

観劇当日。お馴染《なじ》みの曲たちが続々登場するオーバーチュアを聴きながら、客席の僕は既に涙目となっていた。幕が開き、絶対空から降りてくると思っていたら、こっちの想像を軽く超え意外な形で平原ポピンズが登場。そのあまりのメリー・ポピンズぶりに、僕は一瞬にして号泣する。

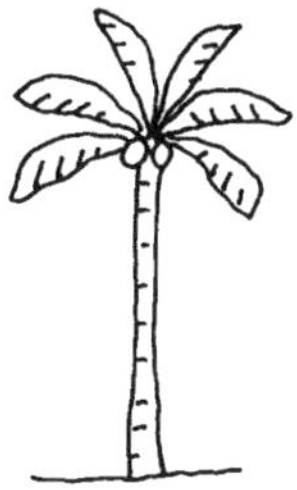

温かな拍手メリーを包む

ミュージカル「メリー・ポピンズ」を観《み》に行く。ダブルキャストだったので、ジュリー・アンドリュースに面影が似ている平原綾香さんがタイトルロールを演じている回を拝見。

平原メリーは、映画版のメリーを踏襲しながらも、独自のカラーも取り入れ、素晴らしい出来栄え。感情表現を極力抑え、皮肉屋さんの面を強調した役作りは、むしろ原作に近いとも言えた。

舞台版は、映画版に沿った部分と、舞台ならではの部分が絶妙にブレンドされ、映画版のファンも、十分満足出来たのではないか。慣れ親しんだナンバーが出てくると、もう反射的に涙が溢《あふ》れてくるし、オリジナルの新曲も、うまく物語に馴染《なじ》んでいた。

事件は一幕途中で起きた。

召使のロバートソン・アイのミスで、キッチンが無茶苦茶《むちゃくちゃ》に散らかってしまう。それをメリーが魔法を使って、瞬く間に片付けてしまうという、舞台版オリジナルのシーン。ところが、真っ二つに割れたテーブルが、メリーの合図で一瞬にして元に戻らなければならないのに、これがなかなか動いてくれない。何か異様な機械音が舞台奥から聞こえてきた。なんらかの機械仕掛けで元に戻るはずだったテーブルが、突然動きを止めたようだ。

舞台上の平原メリーは慌てる様子もなく、マシンが正常運転するのを平然と待っている。内心は相当動揺したと思うが、感情を出さない役なので、慌てるわけにはいかない。本来はこんな時こそ、ロバートソン・アイ役のもう中学生さんの出番。アドリブで場を繋《つな》いで欲しいところだが、運悪く彼は舞台上で気を失っている設定。動くわけにはいかない。そうこうするうちに、遂《つい》に幕が下りた。状況を説明するアナウンスが流れる。やはりマシントラブル。

幕の向こうからたまに聞こえる訳ありのモーター音に、客席はざわめいた。舞台人としては、必死に修復作業を行っているスタッフさんたちのことを思うと、胸が締め付けられた。

数分後、観客の拍手と共に幕が開く。そして何事もなかったかのように芝居は再開。ほっとするのもつかの間、この日は他のシーンでもアクシデントが続いた。こういうものって、重なるのである。平原メリーをはじめとして、関係者はさぞやりきれなかったことだろう。しかしこんな時こそ、きちんと芝居をしなければいけない、という彼らの決意が感じられ、むしろ芝居の出来は良かったような気がした。

フライングシーンも沢山《たくさん》あるこの手の芝居では、一度トラブルがあると、また何か起こるんじゃないかと、観ていてどうしても不安になる。それは舞台関係者も同じ。祈るような気分の観客とスタッフ・キャストの心がひとつになり、カーテンコールにたどり着いた時は、全員が完全に一体化していた。

最後に平原さんが代表して、ご挨拶《あいさつ》。涙ぐみながら客席に頭を下げる彼女を客席中の温かい拍手が包み込んだ。僕も拍手しながら胸が熱くなった。それはその夜、メリー・ポピンズが起こした最高の奇跡だったのかもしれない。

「戦隊」から目が離せない

普段ほとんど連続ドラマは観《み》ない。自分も脚本家という仕事をしている以上、面白いドラマを観てしまうと、（どうして自分はこの設定を思いつかなかったんだろう）（どうすればこんないい台詞《せりふ》が書けるんだろう）と悔しさしか残らないし、つまらないドラマを観た時には、これはもうただただつまらない。どっちにしてもストレスが溜《た》まってしまうので、結局は観ないのが一番なのだ。

そんな僕が最近あるドラマにはまった。日曜日の朝に放送されている「快盗戦隊ルパンレンジャーVS警察戦隊パトレンジャー」（二〇一八年二月十一日～二〇一九年二月十日放送）。最初は息子に勧められ、付き合いで観ていたのだが、今は親子共々《ともども》、いやむしろ僕の方が夢中になっている。今後の人生で自分が関わることはゼロに等しいジャンルのドラマなので、安心して観ることが出来るわけだ。

いわゆるスーパー戦隊シリーズの最新作である。第一作「秘密戦隊ゴレンジャー」が始まった一九七五年。僕は中学二年で、特撮ヒーロー物からは既に卒業していた。つまりこの「快盗戦隊ルパンレンジャーVS警察戦隊パトレンジャー」は、僕にとって初のスーパー戦隊ものということになる。この作品はシリーズ史上初めて、対立する二つのグループが登場することで話題となっており、対立ドラマ好きの僕の好みに見事にマッチ。非常に幸運というべきだろう。

大雑把に言えば、ルパンレンジャーという三人組の泥棒集団とそれを追う警察組織パトレンジャー（こちらも三人組）の虚々実々の戦いの物語である。池波正太郎の「雲霧仁左衛門」にも通じる活劇エンターテインメントの一つの王道パターンだ。デビッド・マメットが脚本を書いた映画版「アンタッチャブル」にも近い匂いを感じる。

そこにさらにギャングラーという犯罪集団が関わってきて、まさに三つ巴《どもえ》状態。ギャングラーもどうやら一枚岩ではなさそうだから、三つ巴以上か。しかも、グッドストライカーという機械なのか生命体なのかよく分からないキャラクターもいて、こいつが黒澤明の「用心棒」の三船敏郎を彷彿《ほうふつ》とさせる謎の立ち位置で、ルパンレンジャーに付いたりパトレンジャーに付いたりと、さらにひっかき回す。

第十八話のクライマックスでは、混乱がひとつの頂点を極め、「敵味方入り乱れて」という言葉では足りないくらいに全登場人物が入り乱れた。こんなに楽しい混乱は、ブレイク・エドワーズ監督の「地上最大の脱出作戦」以来かもしれない。作り手、特に脚本家さんが楽しんで作っているのが分かって、こちらも嬉《うれ》しくなってくる。

十八話があまりに面白かったので、今後、このテンションを保てるのかと少し心配になっていたら、なんと第二十話で新たな登場人物が現れた。快盗ルパンエックス。この男は同時に国際警察フランス本部からやって来た潜入捜査官パトレンエックスでもあるのだ。さらに複雑怪奇な様相を呈してきた「快盗戦隊ルパンレンジャーＶＳ警察戦隊パトレンジャー」（どう省略していいか分からない）、しばらくは目が離せない。

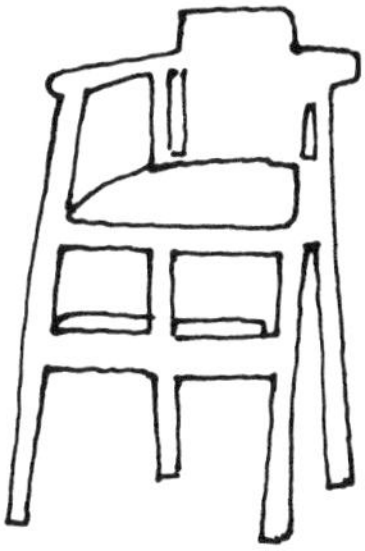

ロケ地探しに映画への愛

三年ぶりに映画を撮る。

子供の頃から映画好きで、今の自分があるのは、小学校の時にテレビで観《み》まくっていた往年のハリウッド映画のおかげだと真剣に思っている。今までに数本監督してきたけど、僕はまだ映画に対して「恩返し」が出来ていない。一生に一本でもいいから、自分がかつて観て感銘を受けた数々のコメディー映画と肩を並べる作品を作りたい。さて今回はどうだろうか。

台本は既に完成し、今はロケハンの日々。制作部が見つけてきたロケ地候補を、主要スタッフと一緒に見て回る。前回は宇宙が舞台でほとんどがセット撮影だったし、その前は時代劇。都内を中心に栃木や茨城など関東圏をロケハンして回るのは、とても久しぶりの感覚だ。

制作部のリーダーはベテランの斉藤大和さん。ずっしりした体形はコンビーフの缶詰を思わせる。その下に若手が数人いて、皆で分担してロケ場所を探す。

車で都内を移動していていつも思うのは、東京というのは実に狭い、ということ。今回もお台場に行ったり、上野に行ったり、築地に行ったりと一日であちこち回ったけど、どこへ行くにもあっという間に着いてしまう。運転している斉藤さんのハンドルさばき、道順選択の正しさもあるのかもしれないが、移動の速さにはいつも驚かされる。

今回、台本が上がるのが遅れて、斉藤さんたちチームは、ホンがない段階で、僕が言葉で内容を説明して、それだけを頼りにロケハンの下見を始めなければならなかった。さぞやりにくかったと思う。この場を借りてお詫《わ》び申し上げます。すみませんでした。

それにしても彼らのバイタリティーは凄《すさ》まじい。僕としては、せっかく見つけてきてくれた場所を、出来れば採用したいと思うけれど、やはり自分のイメージと違う場合は、NOと言わなければならない。思い通りの映画を作るためには妥協するわけにはいかないのだ。

僕がNGを出すと、その場所担当の制作部さんは、やはり若干、表情が曇る。当たり前だ。それでも彼らはめげずにまた違う場所を見つけてきて、プレゼンをしてくれるのである。そしてその場所をまた皆で見に行く。それを繰り返すことによって、監督が頭に描いている「画《え》」に少しずつ、皆のイメージを寄せていく。

今回、なかなか良いロケ地が見つからないシーンが二つほどあった。クランクインが近づいているのに、どうしても「ここだっ」という場所に行き当たらない。候補地を探しに何度も何度も下見を繰り返す制作部さんには、頭が下がる。

そんなにこの作品が好きなのか、と思ってはならない。そうではなく、きっと彼らは映画そのものを愛しているのだ。映画製作に携わることに誇りと愛着を持っているのだ。だからこそ、どんなにNGを出されても、今度こそはと、期待に胸を膨らませて、次の候補地を探しに出て行くのである。彼らの頑張りを見ていると、良い映画にしなくてはいけないな、とつくづく思う。まだ映画作りは始まったばかりだ。

黒光りの「ダンディー」

息子は相変わらずダンゴムシに夢中だ。プラスチック製のカゴに土を敷き詰め、その中に枯れ葉とコンクリートの塊を置く。それがダンゴムシたちの生活空間だ。

彼はたまにダンゴムシたちを手のひらに乗せて「かわいい」を連発しているが、僕はどうしてもその境地に達することが出来ない。やはり顔がないというのは、心を通わせるのに致命的である。いや、どこかに顔はあるのだろうが、どれが目でどれが口なのか、さっぱり分からない。

一匹だけ、他よりも一回り大きく、色も黒光りのダンゴムシがいて、彼は息子のお気に入り。名前をつけてやって欲しいと言われたので、「ダンディー」と名付けた。

感情移入はしにくくても、毎日餌をあげていれば、少しずつ愛着が湧いてくる。本来はコンクリさえあれば餌はいらないらしいが（本当だろうか）、たまには他のものも食べたくなるだろうと、試しにキュウリを与えてみた。まったくの無視。だが、夜中にそっとのぞいてみると、昼間の静寂が嘘《うそ》のように、盛大な夜会が繰り広げられていた。あんなに素っ気ない態度を取っていたくせに、実はそんなに嬉《うれ》しかったのか。その感情表現の下手さ、生き方の不器用さに好感度はぐっとアップ。それ以来、毎日、いろんな野菜をあげるようになった。

ブロッコリーをあげて二日目。彼らも食べ飽きたころだろうと、箸で挟んで撤収すると、中にびっしりダンゴムシが入り込んでいた。おぞましい光景であった。一緒に捨てるわけにもいかず、一匹ずつほじくり出してやった。

その時、ダンゴムシの数が増えていることに気づいた。見たこともない小さな茶色い奴《やつ》もいる。ひょっとしてケースの中で生まれたのか。猛烈な勢いで増殖し続けるダンゴムシ。餌を与えすぎたのだろうか。恐《こわ》すぎる。

だが僕の勘違いだった。知らない間に息子が増やしていたのだ。幼稚園の帰り、彼は気にいったダンゴムシを見つけると捕獲、家に持って帰っていたのだった。

いつしか小さなケースの中は、大小のダンゴムシたちでごった返すようになっていた。まるで、海辺の岩場で見つけたフナムシの隠れ家のようだ。さすがに気持ち悪くなり、しかも彼らはいっちょ前にフンをするので（それも大量）、結構臭いがきつくなってきて、この辺が潮時かと、息子に相談。息子も臭いは気になっていたらしく、あっさり「お別れしよう」と納得してくれた。

ダンゴムシを飼い始めて二度目のリリース。近くの公園に行き、ケースを斜めにして、土ごと、フンごと、彼らを自然に帰してやった。

丸まったダンゴムシの中で、一匹だけがうろうろしていた。「ダンディーだ」と息子が叫んだ。ダンディーは必死にケースへ戻ろうとしているようだった。よほど我が家の生活が気に入ったのだろうか。息子はダンディーをつまみ上げると、「ダンディー。ごめんね。二度と離さないよ」と言って、優しく何度も撫《な》でていた。

というわけで今もダンディーはケースを独占し、悠々自適の生活を送っています。

同い年の時、あの人は

五十七歳になりました。

子供の頃の感覚で言えば、五十七歳は完全なるお爺《じい》さんだ。こうやって文章にしているだけでもうんざりしてくる。歳《とし》を重ねたことを悔いているのではない。成長していない自分に腹が立つのである。肉体的には年相応の衰えを日々実感しているというのに、精神的には二十代の頃とほとんど変わらない。

大学生の頃から舞台とテレビに関わっていたので、僕の置かれている状況はその頃とあまり変化がない。だから長い長い大学四年生を送っているような感覚なのである。精神年齢二十二歳。相変わらず未熟で煩悩だらけ。これでいいのか。五十七歳ってこんなに幼いものなのか。そういえば、四十歳になった時も、五十歳になった時も、同じことを考えていたっけ。

自分の尊敬する人たち、おこがましいが仕事の上で指針としている人たちが「五十七歳」の時に何をしていたか確認してみる。

脚本家としての憧れ、市川森一さんの五十七歳。テレビドラマの世界で、ファンタジーからより幻想的な作品へと少しずつ移行していた時代だ。リアリズム中心の日本のドラマ界で、まさに孤軍奮闘。三本目の大河ドラマ「花の乱」を既に四年前に書かれている。それにしてもあの名作大河「黄金の日日」が市川さん三十七歳の時の作品だと思うと、気が遠くなる。

劇作家としての「恩師」はニール・サイモン。五十七歳といえば、彼の後半生の代表作ともいうべき、BB三部作を書いている真っ最中。「思い出のブライトン・ビーチ」「ビロクシー・ブルース」「ブロードウェイ・バウンド」が次々開幕。七年後には「ロスト・イン・ヨンカーズ（ヨンカーズ物語）」でピュリツァー賞を受賞している。まさに円熟期。

映画脚本家としてのビリー・ワイルダー。彼は生涯「自分は脚本家だ。脚本家が映画を監督しているのだ」と言い続けた。大好きな「あなただけ今晩は」を「書いた」のが五十七歳の時。「アパートの鍵貸します」が三年前、「お熱いのがお好き」が四年前。コメディーの名作を連打していた時代だ。

そして映画監督ウディ・アレン。ドイツの表現主義と喜劇を融合させた異色作「ウディ・アレンの影と霧」を発表した年に五十七歳になった。プライベートでいろいろ大変だった時期でもある。その後、作品的にもやや低迷を続けるけれど、名作「ブロードウェイと銃弾」も、個人的に大好きな「ギター弾きの恋」も、「マッチポイント」も「ミッドナイト・イン・パリ」も「ブルージャスミン」も、この世に生を受けるのは、まだ先のことである。

だんだん気が滅入《めい》ってきた。偉大なる諸先輩と自分を並べることが、そもそも間違いであることに今、気づく。それはともかく、創作者にとって五十代中盤というのは、これまでの経験を踏まえて、新しい一歩を踏み出す時期なのかもしれない。はたして僕にそれが出来るのか。一体僕はどこに向かっていくのか。

悩んでも仕方ないので、とりあえずは、イヌの散歩に行くことにする。

暑いといえば「十二人」

猛暑が続いている。

暑い日に必ず思い出すのが、シドニー・ルメット監督の映画「十二人の怒れる男」（一九五七年）。暑さを描いた映画といえばこれ。陪審員たちが、とある殺人事件を巡って議論を戦わせる、ワンシチュエーションのディスカッションドラマだ。

この物語の時間設定が、真夏の午後なのだ。「やたら暑い」というのが効いていて、密室内で行われるおじさんたちの白熱した舌戦をさらに後押し、暑苦しさを倍増させる。作動しない空調、陪審員たちの汗染み。背中にぴったり張り付いてしまっているワイシャツ。テレビドラマ版（一九五四年）も、ウィリアム・フリードキン監督によるテレビ版リメイク（一九九七年）も設定は同じのはずだが、あまり「暑い」という印象はなかった。それだけルメット監督の演出が際だっているということだろう。

汗だくの人たちの中に、一人だけジャケットも脱がずに汗一つかかない冷静沈着な男がいる（陪審員四号）。彼が終始涼しい顔をしているから、他の十一人の汗だくの表情がさらに強調される。演じるのはE・G・マーシャル。初めて観《み》た小学生の頃から、一番のお気に入りで、彼の「あなたの発言には問題点が三つあります。まず――」といった論理的な言い回しを真似《まね》て、よく学級会で発言したものだ。さぞ薄気味悪い生徒だったことだろう。この陪審員四号が一度だけ汗をぬぐうシーンがあって、額にツーと流れる一筋の汗は、これまで作られたすべての映画の中で、もっとも印象に残る「ツーと流れる汗」のような気がする。

大学を卒業した頃に、今はなき渋谷のパルコ・スペースパート3で観た舞台版「十二人の怒れる男」。ヘンリー・フォンダが演じた主人公の陪審員八号を石坂浩二さんが務めた（演出も）。芝居で暑さを表現するのは至難の業。客席と舞台は同空間にあるので、いくら俳優が暑そうな芝居をしていても、涼しい場所で観ている観客からは、「暑そうな」芝居をしているようにしか見えない。

石坂演出はこの難問にどう立ち向かったか。なんと客席の空調を切ってしまったのである。確か夏の公演だったと記憶している。本当にむせかえるような暑さの中で、役者もそして観客も長時間を過ごす。これ以上のリアリティーはなかった。だって本当に暑いんですから。そして物語の後半、雨が降り出して、開け放たれた窓から冷気が室内に入ってくる。と同時に、客席にも空調が入って、ぐんと涼しくなる。ずいぶん思い切った演出だと思ったし、具合が悪くなる人もいたんじゃないかと心配になったが、しかしその効果は抜群で、三十年以上経った今でも、あの雨が降り出した瞬間の、暑苦しさから解放された安堵感《あんどかん》は、手に取るように思い出せる。

その舞台で、汗をかかない陪審員四号を演じたのが伊東四朗さん。

共演者がリアルに汗だくで演じている中、映画版と同様に終始ジャケットを着たまま、涼しい表情で最後まで押し通した。長台詞《ながぜりふ》もあったし、さぞ大変なご苦労をされたのではないか。

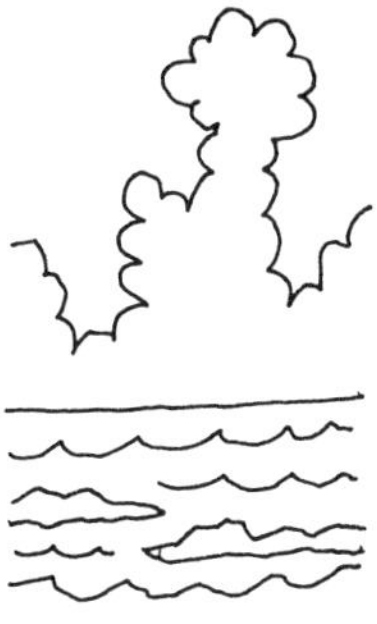

連ドラまた書きたいな

僕は舞台のホンを書いて演出をし、テレビドラマの脚本を書いて時には演出もし、たまに映画のホンを書いて演出もする。

でも自分の本業は脚本家だと思っている。人格がほぼ形成される二十歳までに、もっとも影響を受けたのがドラマ。次が僅差《きんさ》で映画。舞台に至っては、大学生になるまで数えるほどしか観《み》ていない。自分を育ててくれたものに対して恩返しがしたい、というのが僕の作品を作るモチベーション。となれば、一番がドラマ、二番が映画、三番が舞台ということになる。あの頃の自分がドラマに夢中になったように、今の若い人たちにも夢中になれる作品を提供したいと、いつも考えている。

ただし今現在、もっとも理想に近いものを作ることが出来るのは演劇であり、難しい分、やりがいを感じるのは映画だったりする。その辺がなんとも難しい。

ドラマでいちばん好きなのは、やはり連続ドラマ。ビデオやネットの影響で近頃はだいぶ様変わりしたが、やはりドラマの醍醐味《だいごみ》は、週に一回、決まった曜日の決まった時間にオンエアされる「連ドラ」にあると思う。次はどうなるだろう、とわくわくしながら次回を待つ。この楽しさは、連ドラと雑誌の連載小説くらいしかない。映画や舞台では味わえない面白さだ。

市川森一さん脚本の「ダウンタウン物語」を久しぶりに観直す。名作「港町純情シネマ」と「淋《さび》しいのはお前だけじゃない」の間に挟まれた一九八一年制作の連ドラ。ちなみに「港町〜」と「淋しい〜」はTBS、「ダウンタウン〜」は日本テレビの制作。語られることの少ない作品だが、まさに隠れた名作だ。

桃井かおりさん扮する薄幸のホステスと小さな教会の牧師（川谷拓三さん）の恋物語。まるでビリー・ワイルダーやフランク・キャプラを思わせる往年のアメリカ映画のような展開。リアリズムが基本の日本のドラマ界で、ファンタジーといってもいいこの作品は、かなりの異端だった（そしていまだに異端かも）。

いかがわしいバーのマダムとか、ニヒルなギャングとか、登場人物の設定は荒唐無稽かもしれないが、心の流れに嘘《うそ》がないので、ちゃんと人間として息づいている。

当時の市川さんは、物語性をなにより大事にしていたように思う。絵空事と言われようが構わない。フィクションとしての面白さをドラマの世界に持ち込んだ。だから毎回ラストは感動の嵐だったし、必ず早く次が観たくなる。まさに連ドラはこうあるべきだという見本のような作品だ。

僕は今のところ大河ドラマを二本やらせて貰《もら》っている。大河は連続性という意味では最強の連ドラかもしれない。一年も続くドラマは他にないのだから。脚本家と自称している以上、出来ればまた「連ドラ」を書いてみたい。

最近始まったウルトラシリーズの最新作「ウルトラマンR／B《ルーブ》」（二〇一八年七月七日～十二月二十二日放送）。毎週欠かさず観ている息子が教えてくれた。「アイゼンテックの社長、やっぱり悪いやつみたいだよ。来週が楽しみだ」

彼は完璧に「連ドラ」の魅力にはまっている。

夢だった政治コメディー

現在（二〇一八年八月）撮影中の新作映画は総理大臣が主人公のコメディーだ。

中学生の頃、ロッキード事件で元総理が逮捕された。政治家イコール立派な人というイメージしかなかった当時の僕には、ショックな出来事だった。政治と金の問題が大きくクローズアップされた時代。国会で証人喚問された財界の大物が「記憶にございません」を連発し、そのフレーズは流行語にもなった。

金の問題で辞任する政治家は、後を絶たない。汚職がしたくて政治家になる人はそうはいないだろう。実際は、清廉潔白を理想としながらも、政治家を続けていくうちに、様々なしがらみが生じ、気づいた時には抜き差しならなくなっている、そんなところではないだろうか。

権力欲も名誉欲も金銭欲もない一般人が、ある日突然総理大臣になったら？　そんな話を一種のファンタジーとして作れないかと、ずっと思っていた。

それにしても、ある日突然、一般人が総理大臣になるなんてことがあるのだろうか。どう考えても無理がある。総理大臣になるには様々な経験を積まなくてはならないことくらい、分かっている。

一九九三年に作られたアイヴァン・ライトマン監督のアメリカ映画「デーヴ」は、大統領のそっくりさんが、意識不明になった本物に成り代わって、影武者として政治を動かすという話。その手があったかと膝《ひざ》を叩《たた》いた。思いつかなかった自分を激しく恨んだ。「デーヴ」は、僕が作りたかった、現実的なプロセスを全部すっ飛ばし、一般人が突然一国の長になるという、アンリアルなプロットを、「そっくりさん」という抜群のアイデアで成立させてしまった。

ゲイリー・ロスの書いたシナリオはアカデミー脚本賞にもノミネートされるほど完成度が高い。「デーヴ」は今観《み》てもまったく色褪《あ》せない、最高のコメディーだ。

「デーヴ」がある以上、これを超えるものはないとずっと思っていた。数年前、シャワーを浴びている時に、超えられないにしても肉薄出来るんじゃないかという設定を、遂《つい》に思いつく。映画の冒頭、現職の総理大臣がいきなり記憶喪失になる。目が覚めたら病院のベッドで、自分が誰であるかも分からない。秘書官を名乗る人間から、あなたは総理大臣なんですと告げられ、ようやく彼は、自分が何者であるかを知るのだ。これなら、一般人が突然総理になるのと、状況はそう変わらないではないか。

それに思い至った時、長年の夢だった政治コメディーの全体像がおぼろげながら見えてきた。

総理はなぜ記憶を失ったのだろう。国民の投げた石が頭に当たったというのはどうか。ということはこの総理はかなり人気のない、それどころか相当国民から嫌われているに違いない。一夜にして政治家としての記憶を失ったダメ総理。一切のしがらみから解き放たれた彼が、これから総理としてどう政治と向き合っていくのか。プロットが出来上がるまで、そう時間は掛からなかった。

となれば、タイトルはこれしかない。「記憶にございません！」

風刺と笑いの関係は

撮影中の映画「記憶にございません！」は、権力志向でお金に汚く、性格も最悪な総理大臣が、突然記憶を失ってしまう物語だ。

政治を扱ったコメディーということで、現在の政権を批判した政治風刺劇を期待される方もいらっしゃるかもしれない。でも決してそういう作品にはならないと思う。あくまでも主人公の職業が総理大臣の喜劇であり、現実の政界とは距離を置いた政治ファンタジーである。

僕は自分の作品、映画でも舞台でもＴＶでも、そしてエッセーでも、政治風刺というものをやらない。以前、やはり総理大臣が主人公の「総理と呼ばないで」という連続ドラマを書いたことがあるが、それも今回と同じくダメ首相を主人公にしたシチュエーションコメディーだった。なぜ風刺をやらないかといえば、答えは明白。僕が喜劇作家だからだ。

異論はあるだろうが、笑いと風刺は相性が悪いと僕は思っている。もちろんそういった笑いも必要だし、否定はしない。でも白状するが、僕は今まで社会風刺、政治風刺で爆笑したことがない。

人気番組「笑点」では、長い間、桂歌丸師匠が風刺担当だった。子供の頃から僕にとって師匠は「政治に厳しいご意見番」のイメージだった。ただし（なるほど、うまいことを言うな）と感心することはあっても、師匠の政治ネタで笑うことはなかった。

昔、回文を作るというお題で、当時木久蔵だった林家木久扇《きくおう》師匠が、「パンダのダンスは済んだのだ、ンパ」と回答した時のことは今でも覚えている（こん平師匠だったかもしれない）。最後の「ンパ」は何なんだ。これがないと回文にならないのは分かるけど、あまりに強引。それを堂々と言ってしまう可笑《おか》しさ。いまだに思い出すだけで口元が緩んでしまう。それだけの破壊力が「ンパ」にはあった。やはり僕が好きなのはそっちの方である。

チャプリンは映画「独裁者」で、まだヒトラーが権力の中心にいる時代に、彼をさんざん茶化《ちやか》し、コケにした。チャプリンの勇気には頭が下がる。「独裁者」は今観《み》ても少しも古びていないコメディーの金字塔だとは思う。でも、独裁者ヒンケルが地球儀と戯れる有名なシーンは、風刺としては利いていても、決して爆笑は呼ばない。もちろん、落ちてきた地球儀をお尻で跳ね返す動きの面白さは絶品ではあるが。

なぜ政治風刺では爆笑できないか。きちんと分析したことはないが、作り手側に「ただただ笑わせたい」という純粋な目的の他に、いろいろな思いが入ってきてしまうと、その分、笑いの爆発力が弱まってしまうのではないか。

権力を笑い飛ばすことは、喜劇のひとつの役割かもしれない。でも風刺で爆笑させるのはとても難しいことだし、僕には出来ない。だからやらない。

とはいえ、せっかく政治を扱うのだから、今回の映画は、観終わった時、少しでもこれからの政治に期待できるような、そんな前向きな内容にしたいとは思っている。

ひょっとして、それが一番の政治風刺だったりして。

大恩人ニール・サイモン

ニール・サイモンが亡くなった（二〇一八年八月二十六日没）。

僕にとっては大恩人。彼の作品と出会っていなかったら、僕は演劇の道に進んでいなかった。学生の頃、渋谷の西武劇場で観《み》た「おかしな二人」。あんな喜劇を一度でいいから書いてみたい。その夢を追い続けて現在に至る。大学時代に旗揚げした「東京サンシャインボーイズ」。その劇団名は、ニール・サイモンの作品に由来している。

サイモンの凄《すご》さは、戯曲を読んでみれば分かる。これほど読みやすい戯曲はそうはない。登場人物のキャラクターが明確だから混乱しない。対立関係がはっきりしているので、話に入りやすい。全体がきちんと構成されているので、読んでいて集中が途切れない。ぜひ皆さんも目を通してみて下さい。

サイモンが素晴らしいのは、喜劇を書き続けながらも、少しずつ作風を変えていったこと。

「裸足で散歩」といった眩《まぶ》しいくらいに明るい青春コメディーから、「おかしな二人」「サンシャイン・ボーイズ」などの喜劇のお手本のような作品群を経て、「思い出のブライトン・ビーチ」「ブロードウェイ・バウンド」といった、より深いテーマの家庭劇へ。その合間にチェーホフへのオマージュである「名医先生」や、コメディーというよりファルス（笑劇）に近い「噂《うわさ》」を書き、老境にさしかかっても、群像喜劇「23階の笑い」にチャレンジしたりしている。

成功したものもあれば、そうでなかったものもあるが、大事なのは変化し続けること。サイモンのように既に評価が定まった作家としては、とても珍しいことだと思う。しかもどんなに作風を変えても、彼は観客を笑わせることは忘れなかった。

サイモンは、演劇は娯楽であると考えていた。それは決して高尚なものではなく、人々の生活の中にあって、肩ひじ張らずに観られるもの。だから生涯にわたって、喜劇作家であることを貫いた。比較的シリアスな内容の「ロスト・イン・ヨンカーズ」でも、笑えるシーンはあった。彼は常に観客を楽しませることを第一とした。

映画との相性も良かった。「おかしな二人」は、舞台版も映画版もどちらも傑作だし、映画のオリジナルシナリオ「グッバイガール」はゴールデングローブ賞の脚本賞をとった。「おかしな夫婦」という隠れた名作もあるし、「名探偵登場」というおふざけ映画もある。

アメリカの批評家が、サイモンのシナリオについて「登場人物が喋《しゃべ》りすぎる。全員が気のきいた言い回しをする。台詞《せりふ》ですべてを表現している」と批判した。それの何がいけないのか。確かに彼が書いた脚本は台詞が多い。でも僕は、そして多くの観客は、その台詞で笑い、感動する。現実にはそんな風に人間は喋らないと、リアルを求める人は言うかもしれないが、なぜリアルでなければいけないのだろう。そもそも喜劇は現実的ではないのだから。日常生活ではそんなに面白いことは矢継ぎ早に起こらないのだから。喜劇にリアルを求めないで欲しい。と、喜劇作家の端くれである僕は、サイモンに代わって、声を大にして言いたい。

ニール・サイモン様、ご苦労様でした。安らかにお眠り下さい。

チェーホフのミステリー

創元推理文庫から出た『世界推理短編傑作集1』。このシリーズは江戸川乱歩が編纂《へんさん》した『世界短編傑作集』のリニューアル版。海外短編ミステリーの傑作を時代別に五巻にまとめたアンソロジーだ。

子供の頃、海外のミステリーを読もうと思ったら創元推理文庫しかなかった。ハヤカワ・ポケット・ミステリのシリーズは、大きな書店に行かないとなかなか手に入らないし、ハヤカワ・ミステリ文庫が登場したのは僕が高校に入ってからだ。

中学の頃、クリスティーの傑作といわれる「そして誰もいなくなった」がどうしても読みたくなり、しかし創元推理文庫には入っておらずに悶々《もんもん》としていた。ある時、地元の本屋さんの高そうな本ばかり並んだ棚の一番上に、分厚い「世界ミステリ全集」があるのを発見。その第一巻がクリスティーで、そこになんと「そして誰もいなくなった」が入っていた。つまり、お小遣いを貯《た》めて初めて買った箱入りの大人の本が『世界ミステリ全集・第一巻アガサ・クリスティー』だった。

今では考えられないほど、翻訳物ミステリーファンには辛《つら》かったあの時代。ホームズもポワロもクイーンも、僕が最初に読んだのは創元推理文庫だ。そんな中に江戸川乱歩編纂の『世界短編傑作集』があった。

この本の成り立ちや、今回の数十年ぶりのリニューアルについては、巻末の戸川安宣《やすのぶ》氏による解説に詳しく書いてあるので、興味のある方はそちらを読んで欲しい。

ここで紹介したいのは、その第一巻に入っている「安全マッチ」という作品。なんと作者はアントン・パヴロヴィッチ・チェーホフ。そう、あの「桜の園」や「かもめ」で有名なロシアの劇作家だ。彼が一八八四年に書いた作品が、ポオの「盗まれた手紙」やドイルの「赤毛組合」と並んで、名作短編ミステリーとして並んでいるのだ。

大昔に読んでいるはずなのだが、まったく記憶になかった。今回はロシア語から直接池田健太郎氏が翻訳したものになっており、それが売りのひとつとなっている。

一読して驚いた。これは偉大な劇作家であり、短編の名手でもあるチェーホフが片手間に書いた、ミステリーまがいの短編なんかではない。確実に彼は本気を出して推理小説を書いている。導入部のワクワク感、スリリングな展開、台詞《せりふ》の面白さ、論理的解決、結末の意外性。どれも見事だ。しかもこれはユーモアミステリーであり、本格ミステリーの見事なパロディーでもある。

もうびっくりだ。作者を知らずに読んでいたら、現代の作家の作品と間違えたかもしれない。

なにが凄《すご》いかって、八四年といえば、ドイルがホームズ物の第一作を発表する三年前。この段階で既にミステリーのパロディーが書かれていたという事実。しかもそれがよく出来ていて、笑えて、なおかつ作者がチェーホフだという驚き。解説によれば、唯一の長編小説「狩場の悲劇」もミステリーらしい。この劇作家に対する見方がすっかり変わってしまった。四大戯曲をもう一度読み直してみたくなった。

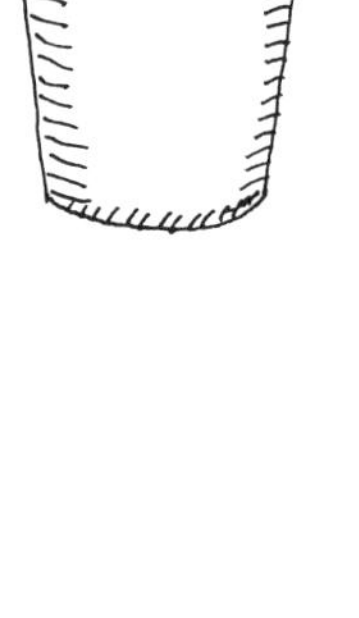

いたずらな妖精との攻防

もう若くはないんだな、と思う。このところ、物忘れが激しい。もともとその気《け》はあったにしても、この数年で確実にエスカレートしている。

一日の生活の中の約五%は、ものを探している。時間と労力の無駄遣い感は半端ではない。それは、本来まったく必要なかった時間と労力である。そこから生まれるものは何もない。正しい位置にきちんと置いて、それをしっかり記憶していれば、こんなことにはならないのである。

僕の場合、あるべきところにない三大アイテムは、眼鏡と財布と携帯電話。特に眼鏡は、はずすといったら、洗面台かベッドルームくらいしかないはずなのに、朝起きたら見事にどこにも見当たらない。さんざん探した揚げ句に、なんでこんなところにという、例えば冷蔵庫の扉に付いている製氷器の受け皿（？）の部分とか、トイレの便座の脇にある、トイレットペーパーの上部に掛かっているひさしみたいなところとか、かなり意表を突いた場所で発見される。

最近「あるべきところにない」現象があまりに頻発するものだから、さすがになんとかしなくてはいけない、と思った。このままではストレスが溜《た》まる一方。とはいっても、今さら記憶力は取り戻せないので、逆の発想で、すべてを受け入れ、ものが見つからないという状態を楽しむことにした。

我が家には、決して姿を見せない一匹の妖精が住んでいて、そいつが大のいたずら好き。眼鏡も財布も携帯電話も見つからないのは、すべてそいつが隠しているからだ、と思い込む。実際にいくら探しても見つからないのに、しばらくして一度見たはずの場所からひょっこり探し物が出てきた時は、妖精の仕業にしか思えないことがある。僕が家中をうろついている間、奴《やつ》は携帯電話を抱えてじっと潜み、僕が諦めてイライラが頂点に達した頃に、一番意外なところにそっと置くのである。目的は分からない。慌てふためく僕の姿が見たいのだろうか。

一度、三大アイテムが一斉に姿を消したことがあった。これから仕事に行かなくてはならないのに、乗りたい電車の時刻が迫っているのに、携帯もないし財布もないし、眼鏡に至っては、ついさっきまで掛けていたのに、影も形もない。僕は「やりやがったな」と、どこかでこっちを見ている妖精に声を掛け、彼（彼女？）の挑戦を受けて立った。これは妖精との知恵比べである。

僕が置き忘れそうな場所というよりは、妖精が隠しそうな場所をくまなく探す。一度探したところも必ずもう一度探すのを忘れない。僕が見ていない時に、奴が隠し場所を変えることだってあるのだ。忙しい時に妖精の遊びに付き合うのは多少イラつくが、自分の不甲斐《ふがい》なさに対する苛《いら》立《だ》ちよりは、ストレスが少ない。

結局、財布は玄関の棚の下で発見、携帯電話はベッドの中にあった。どちらも何度も確認したところ。眼鏡は見つからずにタイムアップ。仕方ないので以前使っていたものを掛けて出掛けた。二勝一敗。今回は妖精の負け。

虚《むな》しい。

「苦手なんだよなあ……」

息子のことを書くと、どんな書き方をしたところで、意図的に蔑《さげす》んで書かない限りは、どうしても親バカな文章になってしまう。かといって息子のことを意図的に蔑む気もないので、結局、あまり書かないようにしている。

しかし彼が大人になって、この連載がまとめられた単行本を読んだ時、父親が日常を書き綴《つづ》っているエッセーに、驚くほど自分が登場していないことで一抹の淋《さび》しさを感じるとしたら、なんだか申し訳ない気がして、だから今回は息子の話を書きます（長い前置き）。

もちろん、いかに息子がかわいいか、賢いかというようなつまらないことは書かない。ほとんどの息子は可愛く、父親からすれば賢く見えるものだから。五十を過ぎて父親となり、生まれて初めて、乳児・幼児と密に接するようになった僕が、彼との生活の中で「人間とはいかに素晴らしいものか」と感じたエピソードを、少しだけ紹介させて下さい。

四歳になる息子が、近所の中華料理屋さんのトイレに入った時、便器に腰掛けて言った「僕は苦手なんだよなあ、こういう便座」の一言。それだけで僕は感動してしまう。「僕は苦手なんだよなあ、こういう便座」。このフレーズを発するためにどれほどの経験と知識が必要か。それを彼はわずか四年間で手に入れた。

まずは当然、言葉が喋《しゃべ》れるようにならなければいけない。その上でおむつが取れ、便器で用を足すようにならなければ、このフレーズは出ない。様々な便器を使用し、便座にはいろいろな種類があることを知る必要もある。ぐるりと便器の周囲を取り囲む形のものもあれば、一カ所だけがなぜか空いているものも。ちなみに息子が嫌いなのはそっちである（理由は、たまに太ももの皮を挟むことがあるから、だそう）。

そして「こういう便座は苦手なんだ」ではなく「苦手なんだよなあ、こういう便座」の方がより苦手感が増すという話法のテクニック。「嫌い」ではなく「苦手」を使ったのは、おそらくその便器であることに気を使ったのであろう。そういったすべての情報の蓄積の上で、彼は言ったのだ。「僕は苦手なんだよなあ、こういう便座」と。四年前にはこの世に存在すらしていなかった彼が、である。

息子が三歳の頃、彼の前でハーモニカを吹いてみせた。自分も吹いてみたいと言うので貸してやると、当たり前のことだが、うまく音を出すことが出来ない。自分に腹を立て、癇癪《かんしゃく》を起こした彼はこう叫んだ。「僕はまだ三歳なんだよ、一人じゃハーモニカも吹けないし、おしりも拭けないんだよ！」

受けを狙って言ったのか、本気でそう思っていたのかは不明だ。涙目だったから本気だったようにも思えるし、声を出して笑ってしまった父親を見て嬉《うれ》しそうにしていたから、計算ずくだったのかもしれない。いずれにしてもそれは、喜劇作家が初めて息子に心の底から笑わされた瞬間だった。人間は生まれてから三年ちょっとで、人を笑わせることが出来るのである。

素晴らしいではないか。

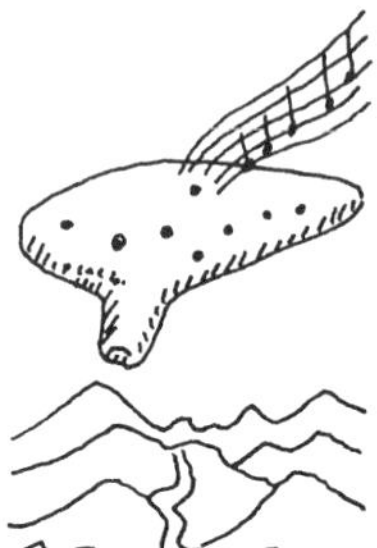

大河ヒロインのモデルは

今から四年前（二〇一四年）の秋。当時は斉藤由貴さんと長澤まさみさんの二人芝居「紫式部ダイアリー」の稽古中だった。休憩時間に僕は、翌々年の大河ドラマ「真田丸」について長澤さんとよく話した。既に彼女は、主人公真田信繁の人生に深く関わるヒロインを演じることが決まっていた。

その女性は、実在の人物だが、残された資料がとても少なく、真田家に仕える家臣の身内ということしか分かっていない。信繁の側室となり、彼の子供を産んだらしいが、それもどこまで史実なのやら。確実なのは、大坂の陣で信繁と共に死んだ彼女は、信繁が愛した女性の中で、もっとも長い期間、彼と行動を共にしてきたということだけなのだ。

彼女のキャラクター設計は、僕の筆次第だった。実際に執筆するのはもう少し先だったので、僕は長澤さんに、どんなキャラでいきたいかを尋ねた。

その時の彼女の答えはこうだ。

若い頃はズケズケと率直にものを言うので、周囲から煙たがられる存在だった。でも年齢を重ねるにつれて、次第に信頼されるようになり、やがて信繁も一目置くようになる。ただしそれは彼女が変わったというよりは、周りが彼女の本質を理解するようになっただけというのは、どうでしょう、三谷さん。

その時、彼女がイメージキャラクターとして挙げたのが、樹木希林さんだった。

希林さんをイメージすると、その女性の人生が手に取るように見えてきた。今までは記号のような存在だった一人の女性が、生身の人間として息づき始めた。長澤さんには感謝しかなかった。キャラクターは決まった。さて名前はどうするか。なにしろ彼女は「高梨内記の娘」としか記録に残っていないのだ。

しかしそこはあまり迷わずに決めることが出来た。名前は「きり」とした。もちろん樹木希林さんの「きり」である。「真田丸」の放送が始まった頃、「きり」という名はどこから来たのか、よく取材で聞かれたが一切答えなかった。「きりきり舞い」から来ているのではないか。真田十勇士の一人「霧隠才蔵」から採ったのではないか、といろいろ言われたが、「樹木希林さんからですか」と見抜いた人は一人もいなかった。

ドラマの中にヒントはあった。大坂冬の陣の時、変装して城に入る信繁の姿を、白い長髪にステッキの老人とした。これは実際の資料を基にしてはいるのだが、まさに希林さんの生涯のパートナー内田裕也さんそのものだ。

そしてきりは、そのあまりに自由で率直な物言いで、一時は視聴者からの反発も受けたが、最終的には日本中から愛されるキャラに変化した。まるでモデル本人のように。

希林さんと一緒に仕事をしたことはなかったが、何度かお話しさせて貰《もら》う機会はあった。日本アカデミー賞の授賞式会場でお会いした時に話して下さった、僕の作った映画についての率直で的確なアドバイスは、今もはっきりと覚えている。

希林さん、ご冥福をお祈りします。

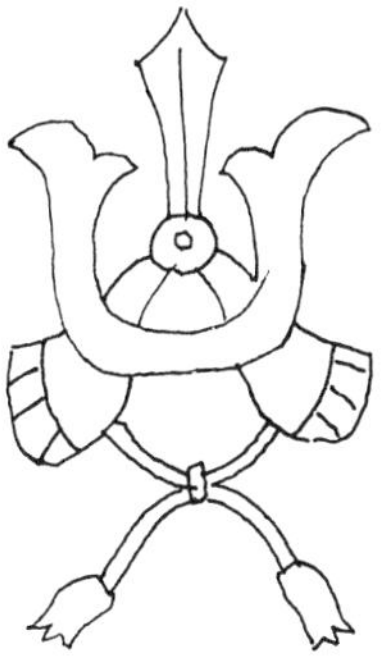

僕の「西郷さん」たちは

テレビにしろ映画にしろ舞台にしろ、僕は歴史上の人物を描くことが多い。大河ドラマで新選組を扱ったあたりから、その傾向が強くなった。

実在の人物を劇中に登場させる利点は、視聴者（観客）がその人物に対して、既にある程度の知識を持っていることだ。出て来た瞬間に、彼らが背負っている状況、時代背景、物語の方向性までもが、なんとなく理解できる。

まったくの架空の人物ではそうはいかない。それが現代なのか過去なのか、彼らがどんな問題に直面しているのかが、台詞《せりふ》の中で少しずつ見えてくる。もちろんその面白さもあるのだが、僕のようなせっかちなタイプは、早く本題に入りたくなってしまう。そんな時、誰もが知っているキャラクターが役に立つのだ。

名前を聞いただけで、「あ、あの人か」と思える有名人。ところが僕の作る物語の中で、彼らは登場はしても主人公になることは滅多にない。メインになるのは、そんな有名人の近くで生きている、どちらかと言うと無名の人たちなのである。この辺がややこしい。

今まで描いてきた作品の中で、もっとも多く登場した歴史上の人物は、西郷吉之助（隆盛）だ。最初が幕末の写真師を描いた舞台「彦馬がゆく」。初演では、現在劇作家兼演出家で活躍中の福島三郎さん、再演は近藤芳正さん、再々演は温水《ぬくみず》洋一さんが演じた。次がドラマ「竜馬におまかせ！」。西郷に扮したのは小倉久寛さん。

そして大河ドラマ「新選組！」（演・宇梶剛士《たかし》さん）、今年（二〇一八年）上演した「江戸は燃えているか」では藤本隆宏さんが、西郷さんとその替え玉の二役を演じた。さらにこの冬に上演する新作ミュージカル「日本の歴史」にも西郷さんは登場予定。誰が演じるかはお楽しみ。

なんと五回も登場している。これだけ出ているのに、主役を務めたことが一度もない西郷さん。理由は簡単。実は僕自身、西郷隆盛という人物に、あまり興味をそそられないのだ。

西郷どん。僕から言わせると、立派過ぎる。広い懐、頼れるリーダー、敵も味方も会えば彼のことが好きになる、その人柄。そういった西郷吉之助のオフィシャルイメージが、どうもくすぐったいのだ。だから登場させる時は、あえて神経質でせせこましい男にしたり、本当は策士で、冷酷で計算高い男だったという設定にして（実はこちらが正しいような気もするが）、既存のイメージを壊すようにしている。

折しも今年の大河は「西郷《せご》どん」。ドラマの中では、遂《つい》に徳川幕府が倒れ、いよいよ明治新政府が誕生した。

鈴木亮平さん演じる西郷どんは、僕の作品に出てくる時の西郷のように奇を衒《てら》わず、決して今までの西郷像を壊さない。その上で新しい解釈を加え、アクティブで若々しく生まれ変わった鈴木版西郷。これほどまでにリアルで生々しい西郷どんを僕は見たことがない。画面を通して、汗の臭いすら漂ってくる。物語はこれから最大のクライマックス、悲劇の西南戦争へ突き進んでいく。オーソドックスでありながら斬新な西郷どん。これはこれで目が離せない。

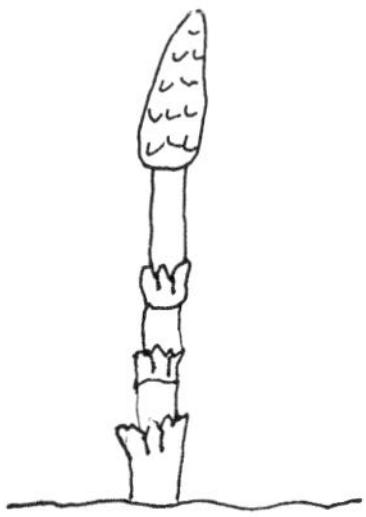

ミュージカルの仕掛け

オリジナルミュージカル「日本の歴史」。既に台本は出来上がり、音楽作りに入った。ちょっと類を見ない構成の作品なので、書き上がるまでにかなりの時間を費やしてしまった。音楽の荻野清子さん、申し訳ありませんでした。

ミュージカルを作るのは、「ショーガール」シリーズを入れて六回目。最初の「オケピ!」は、ミュージカルを上演中のオーケストラピットが舞台。上演中のミュージカル（つまり劇中劇）の音楽を演奏しているミュージシャンたちが、その曲に乗せて勝手に個人的なことを歌う。今思えばかなりトリッキーな設定だ。再演の時は劇中劇（声しか聞こえてこない）のヒロイン役を美輪明宏さんにお願いした。ますますトリッキー。

二本目の「トーク・ライク・シンギング」は、会話がすべて歌になってしまう青年が主人公。原因は、心の中に住むミュージシャンであることが判明、博士が青年の心の中に忍び込んで、彼らを一人ずつ暗殺していく。これもまたトリッキーだ。

なぜ正攻法で作らないのか。もちろんミュージカルは大好きだ。好きでなければ作らない。ただ、台詞《せりふ》から突然歌になる違和感、照れくささがやはり気になる。ミュージカルファンにとっては、なんの問題もないであろうその手法が、僕には引っかかる。だからそうならないよう、突然聞こえてくる音楽や、それに乗せて突然歌い出す登場人物たちの「必然性」を、真っ先に考えてしまうのである。

おかげで「トーク・ライク〜」の時は、あのミュージカル嫌いのタモリさんが、「歌い出す病気なら、まあ仕方ない」と認めてくれた。やはりミュージカル慣れしていない人たちは存在するのだ。

「ショーガール」を二本作り、台詞から歌になるしんどさも、やり方次第ではなんとかなることを発見。僕自身、ミュージカルに対する違和感は少なくなった。それでも、語り合っている二人が気持ちが高ぶっていきなり歌い出すのは、まだ気が引ける。

そこで、今回もトリッキーな手法を導入。歌は歌うのだが、気持ちが高ぶった人が歌うのではなく、その都度、見ず知らずの別の人が歌い出すのだ。台詞を言う人と、歌う人を分けてみた。「お前が歌うのかい!」と突っ込みが入るようなギャグ的要素はなく、かなり真面目にそれをやってみる。全ナンバーがそうではないけれど、上手《うま》くいけば、かなり面白いものになるような予感。

荻野清子さんは、「ショーガール」の音楽も担当してくれた。僕が、筆のおもむくままに書いた会話を、見事なミュージカルナンバーに仕立ててくれる。そもそも日本史をミュージカルにしようと思い立ったのは、彼女のこの天才的な才能をもってすれば、聖徳太子の十七条の憲法だって、ミュージカルに出来るんじゃないかと思ったのが発端（実際はそのシーンはありませんが）。

ここまで書いても、皆さん、どんな作品になるのか、雲を摑《つか》むような思いではないでしょうか。いいんです、実は僕だってよく分かっていないのですから。

まもなく歌稽古が始まる。

我が家の新レンジャー

小学生時代、小説の登場人物表を見るのが大好きだった。子供向けに書き直された『宝島』や『十五少年漂流記』といった冒険ものの、巻頭もしくは巻末に載っている「この物語に登場する人々」を何度も読み込み（イラストが付いていたら申し分ない）、彼らが活躍する物語のワンシーンや、物語られていない空想のワンシーンを夢想して楽しんだ。

「くまのプーさん」のキャラクター紹介のページを食い入るように見つめている息子（四歳）の姿を目にした。親子というものはこんなところが似るものなのか。

人物紹介ページが必要な群像劇を息子は（そして僕も）好む。彼がはまっているプーさんもムーミンもサンダーバードも群像劇だ。毎週夢中になって観《み》ている「快盗戦隊ルパンレンジャーVS警察戦隊パトレンジャー」もある意味、そうである。そしていよいよ息子は観ているだけでは飽き足らず、自分でオリジナルの群像ドラマを作り始めた。それはかつて僕が辿《たど》った道。

息子はこの四年間で集めたおもちゃの人形たちの中から、五人を厳選して、新たな戦隊を結成した。「名前は、五人いるからゴレンジャーにしたよ」と息子。戦隊ものの元祖ともいうべきゴレンジャーを実は彼は知らない。驚くべき偶然の一致。

リーダーはエドガー。アメリカの往年の腹話術師エドガー・バーゲンの相棒のフィギュアである。僕が昔どこかで見つけて買っておいたものだが、いつの間にか息子のおもちゃ箱に移動していた。息子に名前を聞かれた時、正解はチャーリーなのだが、間違えて人形遣いの名前を言ってしまい、それ以来彼はエドガーとなった。いかにも弁が立ちそうな顔をしているので、リーダーに選ばれたらしい。

他のメンバーもそれぞれに特技を持っている。

「ひつじのショーン」に出てくる子羊のティミーは、小柄なくせにやたら体重が重く、敵の上に乗ったら、相手はまったく動けなくなる。子泣き爺《じじい》みたいなキャラだ。ゼンマイで動くコックさん人形は、熱いご飯を投げつけて敵をひるませるのが得意。「トイ・ストーリー」のバズはとにかく頑張り屋さん。ピノキオは敵に接近し、そこでひとつ嘘《うそ》をつく。そして突然伸びた鼻で、相手の目を突くのだ。もちろんすべて、息子が勝手に考えた技。実際のピノキオはそんな悪さはしない。

彼ら新生ゴレンジャーは、毎日、救助活動に勤《いそ》しむ。クッションの下敷きになった動物たちを助け出したり、トイレに閉じ込められたウルトラマン兄弟を救出したりと、忙しい日々を送っている。

先日、このゴレンジャーにさらに仲間が加わった。「アナ雪」の雪だるまオラフと「ジャングルブック」の熊のバルーとピーターパン。「ちょっと多すぎるんじゃないか」と僕。「第一、これじゃゴレンジャーとは呼べないよ」。すると息子は平然と言った。「いいんだよ、これからはオオスギレンジャーになるんだから」。もちろん彼は先日亡くなった大杉漣《れん》さんの存在は知らない（二〇一八年二月二十一日没）。大所帯のオオスギレンジャーは今日も国際平和のために世界を駆け回っている。

僕の本性は……ガオーッ⁉

自分は普段、人に迷惑を掛けないように生きているつもりだ。締め切りを守れない脚本家がどの口で言うのかとお思いかもしれないが、だからこそ、それ以外の部分では極力、人様の迷惑にならないよう、気をつけている。

コンビニのレジの行列で誰かとかち合ったら、必ず譲るようにしている。僕には急いで買う理由はないし、あったとしても相手の方がもっと急いでいるかもしれない。僕が折れればすべてが丸く収まる。締め切りに遅れる申し訳なさと長年付き合ってきたせいで、いつしかそんな風に考えるようになった。

今年（二〇一八年）も人間ドックに行ってきた。検査後のカウンセリングで、担当の先生に衝撃的なことを言われる。「三谷さん、実は大腸検査の時、すごく反発されて、大変でした」

内視鏡で胃や腸を検査する時、僕は麻酔でほとんど意識がない。だからその間に起こったことは、まったく覚えていない。先生の話によれば、お尻の穴に内視鏡を入れようとすると、僕は「やめろー！」「嫌だ！」と激しく抵抗し、下半身丸出し状態で、お尻をフリフリしながら暴れまくったというのだ。

そんな馬鹿な。しかし先生はいたって真面目だ。医学界では人間ドックの最中、患者が意識のない状態で暴れまくることを「虎になる」と言うらしい（この病院だけかもしれない）。確かに日が覚めた時、妙に全身に疲労感があったし、声も少しかれていた。間違いなく僕は、その時「虎」になっていた。

普段、人に迷惑を掛けずに生きようとしている者にとって、それは悪い病気が発見される以上にショッキングな「告知」であった。先生や看護師さんたちを前に、抵抗を続ける自分が想像出来ない。しかも肛門《こうもん》丸見えの状態で。菓子折りを持って、関係者一同の元を順に回りたい気分だ。

落ち込む僕を見かねて先生が言った言葉が、さらに追い打ちをかけた。「たまにいらっしゃいますよ、そういう人。麻酔の効き方が緩いと意識が残って、普段抑制している本来の自分が出てしまうんです」

待ってくれ。ということは、そっちが本来の僕なのか。僕の真の姿は「虎」なのか。そんな荒々しい部分をひた隠し、抑えに抑えて生きてきたのか。暴力的で自分本位で、人からどう思われようが己の本能に従って生きる、野獣のような男。それが本当の僕なのか。

結局その日は、頑《かたく》なな抵抗のせいで大腸検査は中止。日を改めてのリベンジ検査となった。その時は、麻酔の量を増やして眠りを深くし、「虎」は現れなかった。

結果は今年も脂肪肝以外はさほど問題なし。お酒を飲まないのに肝臓が弱っているのは運動不足のせいだ。しかしそれよりも僕は「虎」の存在が気になって仕方がない。いつの日か抑制が利かなくなり、自分の中の「虎」が突然現れた時のことを想像すると、いても立ってもいられない。

夜な夜な繁華街に出没し、人に罵声を浴びせかけ、あらゆるものを破壊するお尻丸出しの男、通称「タイガー」。それはたぶん僕です。

☆…☆…☆

思い出のカレーの味

学生の頃、行きつけだった喫茶店が閉店した。

まだドトールもスターバックスもなかった時代。授業が終わると僕はこの店に足繁《しげ》く通った。学校からは少し離れていたが、当時から偏屈だった僕は、同級生たちが集う近所の店はあえて避けて、知った顔がまず来ない江古田斎場の近くにあるこの「プアハウス」を好んで利用した。

さほど広くはない店内。カウンター席とテーブル席が三つほど。そして相席用のやや大きめのテーブルがひとつ。いつもスタンダードジャズが流れていて、照明もほどよく暗い。コーヒーを頼むとアーモンドが一粒だけ付いてくるのが、なんともお洒落《しやれ》だった。お客さんは無駄口をきかず、黙々と本を読むか、ジャズに聴き入っている。たまにカウンター席に座った常連客が、マスターと会話をする程度。大人の雰囲気の店だった。

洋風おじやの上に梅干しと野沢菜と鶏肉のカレー煮がほんの少しずつ載った「粗食」、その後にコーヒーというのが僕の定番だった。お店の人気メニューはこの「粗食セット」とカレー。今までの人生で、この店の味を超えるカレーを僕は食べたことがない。

かなりスパイシーで、超辛口なんだけど、体調が悪くなるような辛さではなく、どこかまろやかで、後味はむしろ清々《すがすが》しい。癖になる美味《おい》しさで、この歳《とし》になってもいまだに、あの店のカレーが無性に食べたくなる。家で何度か再現に挑戦してみたが、どんなスパイスを調合してみても、あの味だけは出せなかった。僕にとってまさに青春の思い出のカレー。

不思議な話がある。妻と結婚する前のこと。今まで食べたカレーの中でベストワンは何かという話になった時、彼女が言った。「江古田の斎場の近くにあるなんとかというお店のカレーの味が忘れられない」

妻は僕の大学の出身ではない。それは、たまたま知り合いに連れて行って貰《もら》った店だという。そのカレーの味にすっかりはまってしまい一時期、頻繁に通っていたらしい。「その店はきっと『プアハウス』です」と僕は言った。店の雰囲気やマスターや奥さんの見た目について話すと、間違いなくその店だと妻。結婚後、二人で店を訪ねてみた。久々に会ったマスターと奥さんは、僕らのツーショットに目を丸くしていた。

去年（二〇一七年）、今度は息子（当時三歳）と三人で顔を出した。カウンターの隅にはマスターの趣味の物がいろいろと飾ってあり、僕らがカレーを食べている間、息子はそこにあった顕微鏡で、マスターに虫の標本を見せて貰った。初めて顕微鏡に触れた息子は、たまたま持っていたリンダーバードの隊員のフィギュアを持ち出し、マスターにせがんで、その顔面を超拡大して楽しんでいた。

今年の夏、また家族で行こうということになり、ネットで定休日を確認したら、「休業します」の文字。奥さんの体調が良くないらしい。心配していたが、先日その「休業」が「閉店」に変わった。

こうして思い出のカレーは、伝説のカレーとなった。マスター、長い間お疲れ様でした。

鎌倉はM・Y、幕末のS・S

さて、新作ミュージカル「日本の歴史」の稽古真っ最中である。

映画の撮影と舞台の稽古。どちらが大変か。映画の現場は、その日撮影するシーンを、その日のうちに完成させなければならない。舞台のように、本番までに結果を出せればいいというものではない。時間は限られている。集中力は体力。だから一日が終わるとどっと疲れる。

舞台は、同じ場面を何度も繰り返し稽古する。映画のように、ワンカット撮ったらさあ次、みたいなメリハリがない。少しずつ少しずつ前へ進んでいく。そのうちに役者たちの間に一体感が生まれてくる。その間、ずっと演出家は、芝居を見続けている。集中力は体力。一日が終わるとどっと疲れる。要は、楽な仕事など、この世にはないということだ。

今回の「日本の歴史」。卑弥呼の時代から太平洋戦争までの約一千七百年間を描く超大作だ。メインの登場人物だけでも五十人近い。それを七人の役者が演じ分ける。上演時間は二時間半を予定。どんな芝居なのかまったく想像出来ないでしょう。分かります。実際、台本を書くまでは、スタッフに僕が口頭で内容を説明しても、まるで理解されなかった。どうしてこんな芝居を思いついたのかと聞かれても、思いついちゃったんだから仕方がない、と答えるしかない。

一千七百年を二時間半で描くとなると、単純計算して一分につき約十一年となるが、もちろんそんな風には進まない。当然、歴史上のいくつかの出来事や人物をピックアップして繋《つな》いでいくことになる。日本史は、面白エピソードの宝庫であるわけで、その中のどれをピックアップするかは、大変だけど、歴史ファンとしては、とても楽しい作業だった。

お芝居をご覧になられる人たちのために極力ネタバレは控えるが、当初のプランでは、S太子やM式部といった歴史上の著名人、O石内蔵助やS本龍馬といった多くの小説やドラマに登場してきた人物たちは避け、むしろあまり知られていない人たちを中心に描くつもりでいた。

だが登場予定の人物リストを見た音楽担当の荻野清子さんが「これでは一般の人はついてこられない」と一喝。歴史にまったく興味がない自分のような人間でも楽しめるように、もう少し名前の知られた人たちも出して欲しいと懇願される。方向転換。鎌倉時代からM・Y&M・Yの兄弟、戦国時代からはうつけと呼ばれたO・Nを登場させることに。皆、かなりの有名人だ。

それでもやはり僕としては、時代に取り残されたマイナーな人たちも描きたい。そこで奈良時代から隆盛を誇ったF一族の中でも、かなりマニアックなF・Nを、歴史的スターが目白押しの江戸幕末からは、最近知名度は上がってきたとはいえ、まだまだ知る人ぞ知る存在のS・Sをチヨイス。アフリカ生まれのY、イタリア人のG・B・Sといった変わり種も登場する。結果的にバラエティーに富んだ人選になったのではないか。

誰がどの人物を演じるか、あのO・Nが一体どんなソロを歌うのか。詳しい情報はおいおい。

冒険をする「お年頃」

新作ミュージカル「日本の歴史」では、いろいろと新しい挑戦をしている。僕も五十代後半。考えたくもないが目の前に還暦が迫ってきている。年齢的にもそろそろ無謀な冒険を試みる時期。決して守りに入ってはいけない「お年頃」なのだ。

まず、描かれる物語が千七百年に及ぶ。こんな長期にわたる物語を書いたのは初めてだ。リアルタイムで二時間以内に解決する話を好んで作ってきた自分としては、異常事態といえる。一千七百年間の物語をリアルタイムで上演すると一千七百年掛かるので、もちろん劇中で時間が飛ぶ。今のところ四十に近いシーン（場）で構成されている。一幕物の芝居が多い僕にとって、かなり特殊な形式だ。

抽象的な舞台装置。シーンが頻繁に変わるので、その都度リアルなセットを作っていると、装置転換に時間が掛かるしお金も掛かる。なのでそれを逆手に取って、舞台美術はいわゆる「演劇的手法」をフルに使い、可能な限り簡略化することにした。

シンプルな空間で展開される壮大な歴史絵巻。どちらかというとリアリズムな空間で芝居を作ってきたので、これも珍しいことだ。去年（二〇一七年）の「不信」のさらなる発展系だ。美術プランナーは堀尾幸男さん。柔軟な発想の大ベテランである。

と、かなり斬新な舞台のように書いているが、実はこれらの手法は、演劇の世界ではむしろ当たり前。まったく目新しくない。僕がこれまで背を向けていただけのことだ。何もない舞台にポツンと置かれた白い箱を、役者が様々なものに見立てるといった、観客の想像力に委ねる「演劇的演出」が、演劇よりも映画に憧れ、映画のリアリズムの中で育った僕のような人間には、なんとも気恥ずかしくて仕方なかった。

しかしいつまでもそんなことは言ってられない。今さらの感はあるが、今回はとことん「演劇」に染まってみることにした。生粋の演劇人に（今さらよくこんなことをやるな）と鼻で笑われる危険性はあっても構わない。すべては新しいことへの挑戦。なぜかと言えば、だってそんな年頃なのだから。

出演者は七人。彼らが五十人近い人物を性別年齢関係なく、演じ分ける。ミュージカルなので当然、アンサンブルも登場する。宮澤エマさんがソロで歌うその後ろで、中井貴一さんや香取慎吾さんがバックダンサーとして舞い踊るという、想像を絶するシーンも登場する。香取さんは見た目も大きいし、スターオーラもあるので、その他大勢を演じるのに、実はもっとも向いていない人なのだが、それでも果敢に存在を消して、アンサンブルに徹してくれている。頭が下がる思いだ。

そして中井さん。この歳《とし》まで役者をやってきて、初めて「その他」という役を頂いたと、感慨深く語っていた。初ミュージカル、初ダンス、初「その他」を体験する中井貴一は、僕と同い年である。彼もまた新しいものへ挑戦し続けているのだ。

もちろん中井さんも香取さんも見せ場はあるし、胸を打つソロナンバーもありますのでご心配なく。

テレビでうれしい出会い

自分のタレント生命は、二〇〇八年でほぼ終わったと思っている。

映画を撮るようになってから、自分の作品の公開が迫ると宣伝活動の一環でテレビに出るようになった。今となっては当たり前だが、映画の関係者が宣伝のためにテレビに出るのは、当時はまだ珍しかった。ましてや監督自らがバラエティー番組に出まくるというのは、前代未聞。目新しさもあってか、僕は映画を作る度に人気タレントさん並みに多忙を極めた。

監督としてさほどの実力もキャリアもない僕のような人間が、それでも作品を作り続けていられるのは、「作っていいよ」と言ってくれる人や会社があるから。だったら少しでも沢山《たくさん》の人に観《み》て貰《もら》い、恩返しをしたい。宣伝に貢献出来るものなら、何でもやろうと心に誓った。

自分をゲストに呼んでくれる番組には、ただ映画の宣伝をするだけだと申し訳ない。僕は、役者さんのように映っているだけで画面が華やかになるタイプではない。僕は見栄えも悪く、話術だってたいしたことない。あとは身体でぶつかっていくしかない。だからプールに投げ落とされもしたし、全身タイツで踊った。やるからには常に全身全霊を傾けなければ、テレビに失礼になる。僕はどの番組も楽しんでやったつもりだ。

ある時、番組の企画で鼻にチューブわさびを詰められた（それも楽しかった）。オンエアを観た戸田恵子さんから「痛々しい」という感想メールを貰った。そのあたりから、これでいいのか、と思い始めた。僕がテレビに出ることで身近な人が心を痛めるのは、切なかった。あまりに出過ぎて、少しずつ視聴者に飽きられてきているという実感もあった。それ以来、僕は出演を自粛するようになった。十年前（二〇〇八年）の「ザ・マジックアワー」あたりが、タレントとしての僕のピークだった。

最近は積極的にテレビに出ることはない。たまに出る時は、よほどその番組が好きか、よほど何かのしがらみがあるか。映画の宣伝の時も、テレビに出ること以外で作品の役に立つ方法はないかを、いつも模索している。

やはり本来は表に出るタイプの人間ではないようだ。緊張するし、萎縮もする。人を楽しませることは好きだが、自分自身が何かをやるよりも、人に何かをさせる方が、より大勢を楽しませることが出来るのを、僕は知っている。自分のことを出たがりという人がいるが、出たがりならもっと出ていたと思う。実際、一番テレビに出ていた頃、今は終わってしまったお昼の人気番組からレギュラーのお話を頂いたことがあったが、丁重にお断りした。

先日、朝の情報番組に出演した（二〇一八年十一月十六日）。司会は漫才師の博多華丸・大吉さん。生放送の本番中、大吉さんが突然、自分がこの世界に入ったのは、僕が最初に関わった映画「12人の優しい日本人」を観たのがきっかけだと教えてくれた。クールで知的で人を食ったような芸風で、もともと大好きな芸人さんだったから、その言葉にはとても感激した。番組に呼んで貰わなければ会う機会もなかったわけで、テレビにはそういう良さもある。

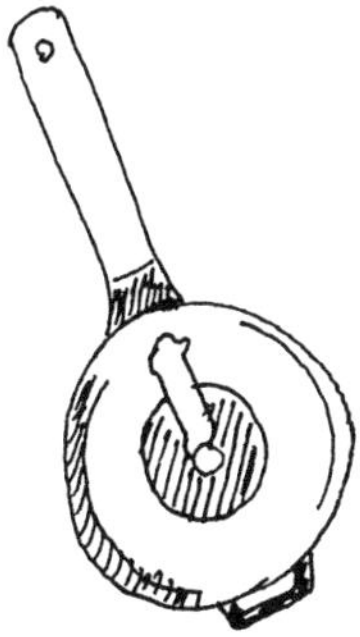

「動く歩道」に乗って

今通っている稽古場の最寄りの駅には、「動く歩道」がある。

エスカレーターの平面版。歩かずに移動出来るので、重い荷物を持っている時は助かるのだが、実際に乗ってみると、その圧倒的なのんびり感に愕然《がくぜん》となる。安全のためか、人が歩く速さよりもややゆっくりめに設定してあるようだ。僕のようなせっかちな人間は、全身がむずむずしてくる。「もどかしい、歩いちゃえ」と思うが、壁には「危険ですので歩かないで下さい」という貼り紙。一度乗ったからには約二分、この緩さに耐えなければならない。

稽古場に行く時は、だいたい急いでいるし（なぜかいつも稽古開始ぎりぎりになってしまう）、そして重い荷物を抱えていないので、大抵は「動く歩道」の脇の「動かない歩道」を使う。帰りは一刻も早く電車に乗りたいので、動く方を使うことはまずない。

その日は、稽古の後にスタッフとの打ち合わせがあり、帰りが遅くなった。日曜日だったこともあり、駅は人もまばら。疲れていたので久々に「動く歩道」に乗る。相変わらずののんびり運行に、イラッとくる。一分ほど乗ったところで、ある衝動が湧き起こった。

逆走してみたい。進行方向に背を向け、来た道を戻ってみたい。理由はない。もちろんいけないことは分かっている。そもそも歩行自体が禁止されているのだ。逆に歩くことなど言語道断。だがどうしてもやってみたい。うまく歩幅を調節すれば、ずっと足踏み状態でいられるのではないか。スポーツジムでそんな機械に乗ってみたことがある。実験してみたい。周囲には人はいない。乗っているのは僕だけ。チャンスだ。

大人の分別がそれにブレーキを掛ける。「動く歩道」を逆走。どう考えても五十七歳の男がやることではない。第一、他人《ひと》の迷惑だ。だが迷惑が掛かる人がどこにいる。混雑時にやるのは問題だが、今は僕しか乗っていない。怪我《けが》をしたらどうする。怪我をするか。こんなゆっくりのスピードで、足をくじいたりするだろうか。

とりあえず、向きだけ変えてみた。これは禁止事項には入っていない。貼り紙に「逆向きに乗らないで下さい」の文字はない。景色がゆっくりと僕の後ろから前へ抜ける。このまま一歩踏み出せば、どんな楽しいことが待っているだろう。

結局、やらなかった。一歩を踏み出すことなく、僕は再び正面を向いた。若い頃なら、きっとやっていただろう。転んだり、駅員さんから怒られたりしたかもしれない。でも僕はそれで満足したはずだ。いつのまにか、つまらない大人になってしまったものだ。

だがすぐに思い直す。いや、そうではない。たぶん僕は、若い頃もやらなかった。やりたいと思い、やった時のことをちょっとだけ夢想し、そしてやらずに終わる。昔からそうだった。僕はそういう人間だったではないか。そんな自分に少しがっかりし、同時に、変わらない自分に、少しほっとした。

そうこうするうち、「動く歩道」は終点を迎え、二分間の旅は終わった。

日本と家族重ねて開幕

オリジナルミュージカル「日本の歴史」が開幕した（二〇一八年十二月四日）。正確にはこの文章は、通し稽古の最中に書いている。今の段階では、お客さんの反応は分からない。僕としては今までにない複雑な構成と演出の作品なので、果たして皆さんに楽しんで貰《もら》えているのか、不安でたまらない。

初日も迎えたので、少しだけネタばらしをする。今回の舞台では、卑弥呼から太平洋戦争までの一千七百年にわたる日本の歴史を描くと同時に、ある一家の三十三年に及ぶ「家族の歴史」もホームドラマとして描かれる。この一家に起こる出来事が、微妙に日本史と重なっていく。ある局面では、家族の一人が平清盛的立場になり、別の局面では、源頼朝的人物が現れ、その同じ人物が次のシーンでは織田信長的立場となる。

日本の歴史を、一家の歴史がなぞるというアイデアは、十年以上前から温めていた。僕は歴史好きだが歴史学者ではない。史実の探究にはさほど興味がない。史実の中の、もしくは史実の裏の、人と人とのぶつかり合いにこそ面白みを感じる。

そこで彼らの葛藤だけを抜き出して、ドラマとして再構築。遠い昔の歴史上の人物たちも、自分の父親や親戚に置き換えれば、より親密度が増し、彼らの行動も理解しやすくなるのではないか。ホームドラマにすることで、逆に歴史の本質が見えてくるのではないか。

舞台上では、歴史上の人物たちによる歴史的事件と、一家の大河ホームドラマが交互に出て来て、しかもその両方を同じ俳優が演じる。その上、ホームドラマでは、例えば親子三代の男たちをすべて川平慈英が演じるといった、これまたややこしい設定が加わった上で、全体のくくりがミュージカルという、ほとんどカオス状態。実はさらにここにもうひとつ大きな趣向もあるのだが、それは今は明かさないでおく。

なんでこんなことをやりたいと思ったのか、今となっては自分でも判然としないのだが、作ってしまったものは仕方がない。あとは、僕の演出がこのカオスをうまくさばけているかどうか。今はお客さんの反応が早く知りたいという思いと、知らないで済むなら、ずっと知らずにいたいという思いが、僕の中で混在している。

「日本の歴史」の稽古の最中のこと。帰宅すると、息子が飼っているダンゴムシのダンディーが死んでいた。何歳だったか定かではないが、最期は小さめのピスタチオくらいに成長し、土を敷いた透明ケースの中で、かなりの存在感を醸し出していた。

息子と二人でダンディーを埋葬した。住人のいなくなったケースを片付けようとした時、餌にあげていたキュウリの切れ端の裏に、びっしりとへばりつくダンゴムシの赤ちゃんたちを発見。瞬時にいくつもの疑問が頭を駆け巡る。いつの間に生まれていたのか。ダンディーは雌だったのか。だとすると、父親は?

ただひとつだけ言えるのは、ダンディーは死んだが、その血は確実に子供たちに受け継がれている。ケースの中で、彼らの小さな歴史は綿々と続いている。

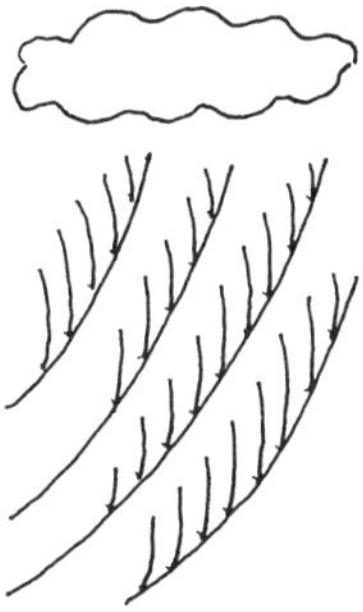

新鮮なウルトラの「母」

息子と毎週観《み》ている「ウルトラマンR／B」。前々作の「ジード」のテーマが友情だったのに対し、今回のキーワードは「家族」。ヒーローも兄弟二人体制という新機軸だ。

第一回から行方不明だった主人公たちの母親が、遂《つい》に登場した。豆腐を買いに行ったまま十数年も帰ってきていないという謎の設定。科学者らしいということは分かっていたので、観ている側としては、これは何かあるに違いない。ひょっとしてヒーローたちの前に立ちはだかる最終的かつ最大の敵はお母さんで、ラストは、母と子の愛憎入り乱れたバトルになるのではないか、などと勝手に妄想。キャスティングも、お父さんが山崎銀之丞さんという舞台系の役者さんなので、キムラ緑子さんとか若村麻由美さんといった悪女も出来る演技派の舞台系女優さんをイメージしていた。

だが、現れたお母さんは想像を超えていた。ここまで引っ張ったからには、とてつもなく重い何かを背負って登場するに違いないと思い込んでいた。だからそのあまりに軽いキャラには、意表を突かれた。今のところ、ラスボス感はまったくない（まだ可能性は残っているが）。明るくて元気で賢くて、ちょっとドジで、でも綺麗《きれい》なお母さん。ある意味それは、「お母さん」の理想型といっても良いかもしれない。

演じるのは眞鍋かをりさん。僕はこの方が演技をするところを初めて観た。コメンテーターや司会のイメージがあったので、実に新鮮。主人公の母親にしては、年齢がちょっと若すぎる気がしたが、これは行方不明になっている間、異次元空間にいたらしく、それが原因に違いない。

実はこのところの「ウルトラマンR／B」は、コメディータッチのエピソードが続いており、僕としては、少々物足りなかった。視聴者がそれを求めているなら仕方ないけど、「ウルトラマン」世代の僕には、ギャグ路線は抵抗があった。喜劇はとても難しい分野なので、うかつに手を出すと火傷《やけど》してしまうのだ。この先の展開を心配していたところへ、満を持してのお母さんの登場である。

申し訳ないが、眞鍋さんは女優さんとして決してうまいとは言えない。倒れた息子に駆け寄るシーンなどつたなくて、思わず笑ってしまう。駆け寄ったはいいけど、役者さんの身体に触れていいものかどうか、躊躇《ちゆうちよ》している風にも見える。

それでも僕の目は彼女に釘《くぎ》付けだ。演技とは技術ではないのである。眞鍋さんは役を演じることに邪心がない。少なくとも僕にはそう見える。

どうすればうまく出来るか、どうすればより綺麗に映ることが出来るのか、そういった余計な要素は一切なく、ただひたすら、演じることに専念している。自分が出来る範囲で必死に演じている。だから彼女の芝居は人を引きつける。全力疾走で画面奥に走り去って行く彼女は、助監督さんが止めてくれないと、壁にぶつかるまで走ってそうな、そんなひたむきさに溢《あふ》れている。

彼女のパワーが番組自体の活力となり、ドラマは再び盛り上がりを見せ始めた。

「オレ、平清盛だ♪」

オリジナルミュージカル「日本の歴史」の製作過程は、ミュージカルとは何かという命題について考える旅でもあった。

以前にも書いたが、ミュージカルには特有の照れくささがある。芝居から突然歌になるあの不自然さは、ミュージカル嫌いの人たちには、どうしても受け入れがたいもの。どうすればその嘘《うそ》っぽさを打ち消せるか。どうすれば、ミュージカル嫌いの人にも楽しめる作品になるのか。

今回僕が立てた作戦は、芝居部分と歌の部分を完全に分離させるというもの。「キャバレー」や「CHICAGO」といった作品の発展系だ。

二幕の後半で、秋元才加《さやか》さん扮する市井の女性が、世の中の動かしがたい理不尽さに、「なにも変わらない……」と呟《つぶや》く。普通ならここで彼女が「何も変わらない」というナンバーを歌いそうなものだけど、今回は歌わず、その代わりに突然初老の男（中井貴一）が現れ、「なにも変わりはしねえさ」と歌い出す。明治期に起こった秩父困民党事件の首謀者田代栄助。江戸から明治に変わったところで、本質は何も変わらなかったと、彼は歌い上げる。

音楽の荻野清子さんに相談した時、うまく出来るのだろうか、と彼女は不安げであった。突然知らないおっさんが出てきて、自分の境遇を歌い出しても、はたしてお客さんは感動してくれるか。だが、僕には自信があった。なぜなら歌とは、そもそもそういうものだから。幼い頃、紅白歌合戦で森進一の「おふくろさん」を聞いた時、一瞬にしてその世界に引き込まれ、終わった時には涙していた自分がいた。優れたメロディーと優れた歌い手がいれば、絶対にうまくいくはず。

荻野さんの素敵な楽曲と七人の優秀な歌い手のおかげで、「日本の歴史」は新しい形のミュージカルとして誕生した。お客さんたちも喜んで下さっているようだ。観《み》た人の一番嬉《うれ》しい感想は「ミュージカルという感じがしなかった」というもの。「日本の歴史」はほんのちょっと、ミュージカルの概念を変えることが出来たのではないか。

オリジナルミュージカルの批判でよく目にするのが「心に残るナンバーがなかった」。実は僕はそれが作品の傷になるとは思っていない。ソンドハイムのミュージカルを観て、帰りにメロディーを口ずさんだことは一度もない。あまりにも難しいから。それでも彼の舞台は人を感動させる。

ただ今回は絶対に心に残るナンバーを作ってみせようと思った。僕の立てた作戦。歴史的な言葉を歌の中で繰り返す。「荘園」「平清盛」「織田上総介《かずさのすけ》信長」等々。そこに覚えやすいメロディーを荻野さんにつけて貰《もら》う。これなら、たとえ家に帰って曲を忘れても、「平清盛」さえ思い出せば、おのずと歌が蘇《よみがえ》る。

それどころかこの先、「平清盛」の名を思い出す度に、宮澤エマさんの歌声で「オレ、平清盛だ」が脳裏を流れるはず。この作戦、どうでしょう。織田信長が上総介であったことだけは、改めて覚えて貰わないといけないけれど。

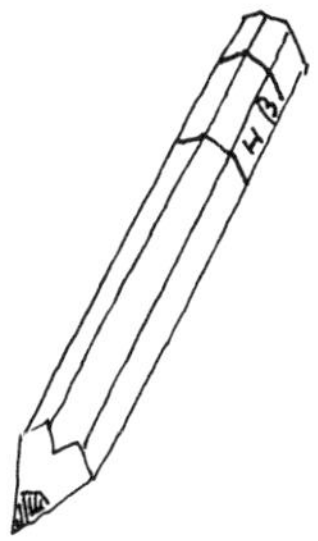

年末年始息子とともに

二〇一八年は舞台が四本。テレビのスペシャルドラマが二本。そして一九年公開の映画も撮影した。

忙しそうに見えるかもしれないが、僕と同じようにテレビ・映画・舞台を同時にやって、ホンも書いて演出もする方がいて（僕より歳下《としした》）、その人は僕の何倍も仕事をこなしている。自分にはそんな器用な真似《まね》は出来ない。現状で精いっぱいだ。

「ショーガール」では、ゲストで出演するはずだったのが、インフルエンザにかかり、無念の降板。戸田恵子さんに代役をお願いした。その節は皆さんに多大な迷惑を掛けてしまいました。その僕が二カ月後、「江戸は燃えているか」で急病で倒れた松岡茉優さんの代役で、急きょ舞台に立つはめに。数奇な運命。

「江戸は燃えているか」を上演していた時、新聞に作品を根底から否定する劇評が載った。それは、僕の生き方まで批判されたような辛辣《しんらつ》なもので、一読して発熱、すっかり具合が悪くなった。ただ、そこに納得できる箇所は一つもなかったし、結局は（ああ、そんな風に考える人もいるんだ）程度にしか捉えることは出来なかった。熱は一晩で下がった。具体的にどんなことが書いてあったかも、今はほとんど覚えていない。

公演が終わる頃、上演した新橋演舞場で長く働いているスタッフの方が「今まで関わってきた作品の中で、三本の指に入る楽しさでした」と言ってくれた。こちらは今でもはっきり覚えているし、僕は、この言葉を励みに作品を作り続けることが出来る。

四年前（二〇一四年）に息子が生まれてから、生活環境が一変した。今は一日の多くを彼との時間に費やしている。僕は父親との縁が薄かったので、親子で一緒にいた記憶がほとんどない。そんな思いを息子にはさせたくなく、出来る限り同じ時間を共有するよう心がけている。その分仕事に費やす時間が少なくなったのは確かだ。

クリスマスイブの日。家族で子供向けのコンサートを聴きに行った。オーケストラが演奏するクリスマスメドレーを聴きながら、もし息子が生まれていなかったら、僕はこの時間何をやっていただろうか、と考えた。恐らく原稿を書いているか、散歩しながらプロットを組み立てているか、資料を読んでいるか、参考になる映画をＤＶＤで観《み》ているか。どれにしても仕事がらみ。しかし今はそのどれでもないことをやっている。

締め切りが迫っている案件はいくつもある。帰宅して息子が眠った後、一心不乱にやるしかない。経験して分かったが、子供と接するのはかなりの肉体労働。睡眠時間を削るのは体力的にきついけれど、僕は幸せだ。

指揮体験コーナーで、息子は果敢に自ら手を挙げ、壇上に立った。懸命にタクトを振り、オーケストラと対峙《たいじ》する息子の姿を見ながら、父親は愛《いと》しさと誇らしさで呼吸困難に陥りかけた。

息子を授かったことからインスパイアされることは多い。家族の歴史がテーマの「日本の歴史」の構成は、彼がいなければ思いつかなかった。息子に感謝。

二〇一九年もよろしくお願いいたします。

新年ですが年末の話

子供を持つと、今まで知ることのなかった「子供の世界」を垣間見ることになる。そこには、大人の社会に慣れた僕らには、到底考えつかない彼ら独自の世界観がある。

去年（二〇一八年）のクリスマスイブ、親子で行った子供向けのクラシックコンサート。指揮体験コーナーに出た息子は、司会者から「将来、何になりたいの」と聞かれ「警察官」と答えた。テレビ番組「快盗戦隊ルパンレンジャーVS警察戦隊パトレンジャー」（略称ルパパト）にはまり、特に警察戦隊のパトレン1号に普段から同化している彼としては、当然の答えだ。

司会者の話では、以前の公演で「自動販売機にジュースの缶を入れる人になりたい」と答えた女の子がいたらしい。素晴らしい夢だ。街中の喉《のど》が渇いた人たちのために力を尽くし、その上、ひょっとしたら自分も休憩時間に好きな飲み物が飲めるかもしれない「自動販売機にジュースの缶を入れる人」は、確かにドリーム感満載の職業（？）である。

コンサートの帰り道、息子と、サンタクロースは実在するのかについて話し合った。その時期、息子は数人のサンタと遭遇していた。幼稚園のクリスマス会、友人の家で行われたホームパーティー。息子が言うには、幼稚園にやって来たサンタは、間違いなく○○先生だったし、友人宅で話をしたサンタは、どう考えても××君のお父さんだったという。その上、二人で歩いていると、いきなり数十人のサンタに遭遇。ビルから怒濤《どとう》のように現れ、街に散っていった。どうやらどこかで何かの講習会があったようだ。

それでも彼はサンタの存在を信じている。「だってサンタは一人しかいないんだよ。一人で世界中を回れるわけがないから、サンタに頼まれて、いろんな人が手伝っているんじゃないのかな」と息子。路上で無数のサンタを見た時、それを確信したという。彼の中では理屈が通っているのが面白い。

僕自身は、もっとドライな子供だったから、物心ついた時にはサンタの存在は完全否定だった。叔父が毎年サンタに扮装し、二階のベランダから縄ばしごで庭先に降りてくるという決死のパフォーマンスを繰り広げてくれたが（よくやるなあ）としか思わなかった。それに比べれば、必死に自分の中で辻褄《つじつま》を合わせ、サンタ実在説にしがみついている息子の方が、遥《はる》かに子供らしい。

そんな彼の前に、僕がバレバレのサンタの格好で現れるのはさすがに気が引けた。今年は、イブの夜にプレゼントだけをそっとツリーの脇に置くことにした。サンタが来たことだけは、脳レベルで伝えておこうと、深夜、眠っている息子に馬乗りになって、耳元でシャンシャンとリングベルを鳴らした。

まったく反応がないので、しばらくの間、大きめに振っていたら、いきなり彼が目を開いた。手にしたベルを隠すことも出来ず、ただただ気まずい時間が流れる。やがて息子が言った。「なにしてるの」。「別に」と僕は答えた。すると息子は目をこすって続けた。「早く寝てよ。皆が寝てくれないと、サンタが来てくれないじゃないか」

舞台裏盛大にバラします

ミュージカル「日本の歴史」が大阪で大千秋楽を迎えた（二〇一九年一月十三日）。

これからテレビ放映が控えているし（二〇一九年三月十六日放送）、ひょっとすると再演だってないとは限らないので、以下、ネタバレがお好きではないという方は読み飛ばして下さい。盛大にバラしています。

「日本の歴史」というタイトルではあるが、舞台は二十世紀初頭のテキサスから始まる。そこで暮らすドイツ系移民一家とアイルランド系移民一家の「家族の歴史」が「日本の歴史」と並行して描かれる。かなり突飛《とっぴ》かつ不条理な設定。なぜこんな構成にしたのかと問われると、思いついてしまったのだから仕方ないと答えるしかない。日頃、理屈で固めたような芝居を作っている自分としては珍しいパターンだ。

「テキサスパート」「日本史パート」も同じ七人の役者が演じる。登場人物は全部で五十人以上。

おのずと衣装は早替わりとなる。

例えばシルビア・グラブさんの場合。まずドイツ系移民のお母さんエヴァで登場し、すぐに邪馬台国の女王卑弥呼に着替え、そしてまたエヴァに戻り、それが何度か繰り返される合間に、平清盛のナンバーで禿《かむろ》の格好でバックダンサーとして踊る。織田信長のご機嫌なソロナンバーがあった後にまたエヴァに戻り、宣教師になってから一度信長になって、最後は卑弥呼に戻る。これが一幕。二幕はエヴァから謎の興行主フレゲンマイヤーになり、名もない新聞記者を挟んで西郷吉之助、そして卑弥呼、エヴァ、卑弥呼と変わり続ける。着替えの総数二十一回。しかもエヴァも登場する度に老けていくので、衣装もメイクもその都度変化していく。

着替えってそれだけでかなり体力を消耗するもの。一般の人はだいたい一日に着替える回数は二回くらいだと思うが、昼夜公演の時のシルビアは、劇場で四十回以上、プラス日常でも着替えているはずだから、恐らく日に五十回近くは着たり脱いだりをしている。まったく頭が下がります。

今回、衣装はとても大事なモチーフである。まったく接点のない二つの世界を関連づけるのは、音楽と衣装だとずっと思っていた。最初の衣装打ち合わせの時、プランナーの前田文子《あやこ》さんがふと洩《も》らした「そういえば、西部のカウボーイの下半身と、鎌倉時代の武将の下半身って、ちょっと似ているわ」という一言が僕の背中を押し、今回の構成が固まったと言ってもいい。

さて怒濤《どとう》の早替えだが、舞台裏はさぞかしてんてこ舞いと思いきや、決してそうではない。何度か本番中に舞台裏を見学したが、あまりの段取りの良さに愕然《がくぜん》となった。もちろん役者さんは大変だけど、早替えのシステムは完璧に計算され、粛々と進行する。まったく無駄のないその仕事っぷり。舞台監督福澤諭志《さとし》さんと演出部、衣装、ヘアメイクさんのチームワークの勝利だ。

彼らの頑張りが、僕の突飛な思いつきを支えてくれている。逆に言えば、彼らがいてくれるから、僕は遠慮なく突飛なことを思いつけるのである。

舞台の話、もう少し続きます。

やはり舞台は役者のもの

「日本の歴史」では七人の俳優が五十人以上の役を演じた。史実ベースの日本史パートと、テキサスに暮らす移民一家の物語が交互に登場する。

例えば宮澤エマさんは、アメリカ西部の地主の娘をしおらしく演じていたかと思うと、次の場面では平清盛になって豪胆な高笑いと共に登場する。そして一曲歌って退場したと思ったら、次の瞬間、再び地主の娘に戻ってしおらしく現れる。「しおらしく→豪胆→しおらしく」を目まぐるしく演じわけるのだ。

早替えというのは不思議なもので、あまり完璧にやり過ぎると、客席は盛り上がらない。出てきた時に、着こなしがぞんざいになっていたり、多少役者さんがハーハー肩で息をしていた方がお客さんは喜ぶ傾向にある。だが今回は、そういった「お遊び」的演出は一切排除した。七人の役者は、演技力と集中力で瞬時に役になれる人たち。早替えの段取りも完璧。だから早替えであることを感じさせないくらいに、それはスムーズに進行する。

舞台稽古を観《み》た関係者の一人は、清盛を演じていたのが宮澤さんだったと気づかず、彼女が清盛の衣装で登場するカーテンコールを観て、（どうして宮澤エマはカーテンコールに出てこなかったんだろう。そしてあの清盛役者は一体誰なんだ）と思ったという。ある意味、大成功だ。ずっと、場面転換が限りなく少ない舞台を好んで書いてきた。役者は幕が開いてから閉じるまで、絶え間なく一つの役を演じ続ける。そんな芝居が観たかったし、作りたかった（実は今もそうなのだけど）。他人《ひと》の芝居を観ている時、途中で役者が舞台からはけると、興ざめした。次に登場するまでは当然役から離れるわけで、袖で汗を拭いている姿や、喉《のど》を潤す姿が脳裏に浮かんでしまうのだ。だから僕の芝居では、出来るだけ彼らには舞台上にいて欲しかった。役を演じ続けて欲しかった。それが役者を生かす一番の方法だと思っていた。だから役者がずっと観客の前にいる芝居を書き続けた。

長く舞台に携わっていると、考えも変わってくる。歌舞伎をやった時に気づいたのは、役ではなく役者そのものを観に来ているお客さんもいるということ。そんな芝居もあっていいんだ。そう考えると、創作の幅が一気に広がった。芝居とはこうあるべきだと考え過ぎて、僕は僕の首を絞めていた。それから少しずつ場面転換のある芝居も作るようになり、そのパターンのひとつの到達点が今回の「日本の歴史」というわけだ。

舞台と舞台裏を行き来し、早替えで大忙しのはずなのにそれを微塵《みじん》も感じさせずに、ひたすら演技に没頭する役者たち。それらすべてをひっくるめて楽しむのも、演劇の見方の一つ。やはり舞台は役者のもの。ホンの面白さで観客を喜ばせようなんていうのは、所詮《しょせん》、劇作家の驕《おご》りであり幻想なのである。

とはいえ、役者さんが「この芝居をやりたい」と思ってくれるような面白いホンを書かなければ、彼らはノってやってくれない。結局、僕はいつだって面白いホンを書き続けなくてはならないのだけれど。

「大型新人」中井貴一さん

中井貴一さん。日本を代表する俳優さんだ。

映画、テレビ、舞台、最近ではナレーターとしても実績を重ねてきた彼が「日本の歴史」では初めてミュージカルに挑戦した。

共演の香取慎吾さんが「どうして今さら、チャレンジしようと思ったんですか。別に無理してやらなくても良かったのでは」と彼に尋ねたことがある。その時中井さんはこう答えた。「役者を続けてきたからこそ、あえて今、挑戦してみたくなったんです。恥を掻《か》いてみようと思った」

中井さんは昭和三十六年生まれで僕と同い年。二十九歳の時に僕が初めて書いた単発ドラマ「天国から北へ3キロ」で、ヒロイン大地真央さんの恋人役を演じて以来のお付き合いだ。彼も当時二十九歳だったはずなのだけど、あの頃からスター感満載。堂々としていて、それでいて物腰は柔らかく、礼儀正しかった。

その時僕はホンを書いただけ。その後、映画「みんなのいえ」に本人役でゲスト出演して貰《もら》った時も、出番は二シーン。きちんと向かい合って仕事をするのは共に四十五歳の時の舞台「コンフィダント・絆」からだ。

僕はなんとなく中井さんに、理論派のイメージを抱いていたが、稽古場の彼は真逆《まぎやく》だった。僕の演出に対し「なぜ、それをしなければいけないのか」といった質問は一切なし。「その台詞《せりふ》、ジャンプしながら言ってみて下さい」と言えば、理由を聞く前にまずジャンプしてみるタイプ。あの中井貴一がここまでするのか、ということだって迷わずやってくれる。稽古場は恥を掻くところだというのが、彼のポリシーなのだ。

今回のミュージカルでは、歌って踊るのはもちろんのこと、女装もするし天使の衣装も着た。誰も観《み》たことのない「中井貴一」がそこにいた。そして恥を掻くどころか、彼はシルビア・グラブや川平慈英という生粋のミュージカル俳優に混じって見事な歌と踊りを披露。日本のミュージカル界に突如現れた大型新人と言っても過言ではない。五十七歳での挑戦は大成功だったと思う。もっともっとミュージカルをやって欲しい。「マイ・フェア・レディ」のヒギンズ教授、「レ・ミゼ」のジャベール警部、「シカゴ」の悪徳弁護士フリン、彼で観たい役はいくつもある。

本番中。出番を終えて舞台袖に戻った中井さんは、さすがに疲労感が半端なく、秒速で老け込んだように見えた。それでも僕と目が合うと、「オレらが疲れるだけお客さんは喜んでくれる」と彼は微笑《ほほえ》み、短時間で着替えると秒速で若返って、また舞台へ飛び出していく。その姿に、僕は同い年として頭が下がった。自分も頑張ろうという気になった。この先、落ち込んだ時は、あの舞台袖の中井貴一を思い出そうと決めた。

中井さんとは去年（二〇一八年）の六月からずっと一緒だった。「日本の歴史」に入る前に撮影した映画「記憶にございません！」で中井さんは主役の総理大臣を演じる。往年の名コメディアン、ダニー・ケイを崇拝する中井さんの喜劇俳優としての一面を満喫出来る作品になっています。こちらもお楽しみに。

物まね芸人に愛を込めて

物まねが大好きだ。テレビの物まね番組は小学生の頃から欠かさず観《み》ている。かつて西城秀樹さんが「カトちゃん、ぺ」と加藤茶さんの物まねをした時、アイドルがそんなことをするなんて前代未聞だったので、子供ながらに衝撃を受けた。

清水アキラさん、コロッケさん、栗田貫一さん、ビジーフォーさんの「ものまね四天王」の時代を経て、最近のお気に入りは神奈月《かんなづき》さん、ホリさん、原口あきまささん、そしてミラクルひかるさん。独自の道を突き進む松村邦洋さんはもはや別格。

優れた物まねは「芸」として確立している。彼らはもはやアーティスト。ネタは「作品」である。今、テレビのバラエティーで、これほどまでに「技術」や「鍛錬」といったものを必要とするジャンルがあるだろうか。彼らには共通して「職人」の匂いがするし、彼らには「職人」特有の真面目さ、ひたむきさ、暗さがある。そしてどんなにその道を究めても、永遠につきまとう

「偽者」感。そこから生まれる悲哀とペーソス。それらをひっくるめて、僕は物まね芸人さんを愛する。

　実は、僕自身の物まねをする人がいつか物まね番組に登場しないか、密《ひそ》かに楽しみにしていた。よく自分の真似《まね》をする芸人さんに対して、否定的な立場を取る著名人の話を聞く。分からないではないけど、僕は、それがどんなに悪意に満ちた物まねであっても、許容する自信がある。たとえ似てなくても、自分を「作品」に選んでくれた時点で、僕はその芸人さんをリスペクトしたい。

　だが、物まね番組で僕の真似をする人はなかなか現れない。たぶん僕にそれほどの知名度がないのと、タレントでもないし文化人ぽくもない僕は、個性も中途半端で真似しても面白くならないのだろう、と自己分析。

　とはいうものの僕をネタにする奇特な芸人さんがまったくいないわけでもない。ユリオカ超特Qさん。ずいぶん前から、ライブでよく僕のネタをやっているらしい。本業が漫談の方なので、物まね番組にはあまりお出にならない。ネットで写真を見ると、カツラを被《かぶ》ってスーツを着た姿は僕そっくりだ。興味はあったが、なかなかライブを観に行く機会がなかった。いつか観たいと思っていたし、オファーがあれば、共演してみたかった。テレビで見かける例の「ご本人登場」、一度やってみたいなあ。だが、その機会は一向に来なかった。

　先日、ある番組にゲストで出演した時、最初に頂いた企画書に、僕のそっくりさんが登場するくだりがあった。最初そこには別の芸人さんの名前があった。それならユリオカさんがいいと思った。長年、まったく話題にならないのに僕の真似をやり続けてくれているユリオカさん。もし彼がオンエアを観て、別の人が僕の真似をして本人とからんでいたら、きっとショックだろう。ここはやはり彼に出て欲しい。そこでプロデューサーに無理を言ってユリオカさんに打診して貰《もら》った。

後日、出演ＯＫになりましたと連絡が入る。

いよいよ対面の時は来た。

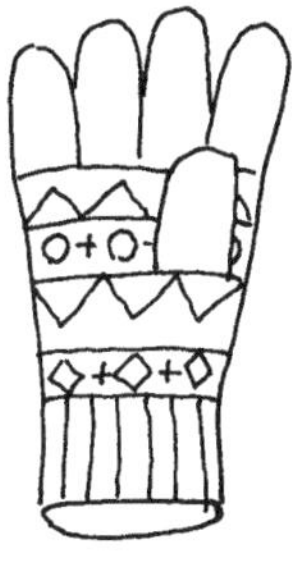

ほどよく似た「W三谷」

物まね好きが高じて、僕は僕の真似《まね》をネタにしているユリオカ超特Qさんと、番組の企画で対面することになった。

僕自身も物まね名人になりたかった。が、レパートリーは三つしかない。「刑事コロンボ」のとあるエピソードで、犯人を追い詰める時につい鼻歌が出てしまうコロンボ（というか小池朝雄さん）。「白い巨塔」で東《あずま》教授を演じている中村伸郎《のぶお》さん、そして情感たっぷりに「手のひらを太陽に」を朗読する野田秀樹さん。どれもかなりの完成度のはずだが、マニアック過ぎて、人に喜んで貰《もら》える可能性は低い。そして人に喜んで貰えない物まねはやる価値がない。

むしろ僕の「真似る」願望&才能は、「似顔絵」というジャンルで生かされている。もともと和田誠さんの絵に憧れて描き始めた。高校時代にはクラス全員の似顔絵を描いて、それが卒業アルバムに載った。タッチは完全に和田さんの真似。長年描いてきたこともあって、かなりそっくりに、つまりモデルの人物にも和田さんのタッチにも似せて描くことが出来る。和田さんご本人にも褒めて頂いたし、和田さんとの共著の表紙を二人で共作したことも。最近は市村正親さんの古希のお祝いに「ミス・サイゴン」の市村さんを描いてプレゼントした。

物まねにしろ似顔絵にしろ、なぜ人は「真似る」ことに面白さを感じるのか。僕はその答えを未《いま》だに見出《みいだ》せずにいる。「なるほど、特徴を捉えている！」と感心するのは分かるのだが、なぜそれが笑いに繋《つな》がるのか。ニワトリの物まねですら、上手《うま》い人がやると心の底から笑える。でも、安楽椅子の真似をする人がいたとしたら、たぶん爆笑することはないだろう。そこに何かヒントがあるのだろうか。

さて、ユリオカ超特Qさん。お会いしてまず驚いたのは、写真で見るイメージよりも背が高い。実は僕自身、初対面の人に「テレビで観《み》るより大きいですね」とよく言われる。この手の顔は背が低く感じる何かを醸し出しているのか。それも含めて、初めてお会いした「そっくりさん」はとても僕によく似ていた。そして笑えた。

決して瓜《うり》二つではない。でもそこがいい。似すぎているとむしろ引いてしまうが、ほどよく似ている感じが面白さに通じるのか。どうやら、そっくりさんというものは、「似ている」部分で感心し、「似ていない」部分で笑えるようだ。「物まね」の面白さの秘密に少し近づいた気がした。

本番前にユリオカさんと相談し、僕らは背広とネクタイの雰囲気を合わせることにした。ユリオカさんは、僕がどんな服を着てきても対応出来るように、あらゆる衣装を用意していた。さすがプロ。彼は僕に似せるためにカツラを着用するが、僕の頭は最近白髪交じりなので、カツラに合わせて、急きょ、髪を黒く染めることにした。

ほどよく似た僕らは、手を取り合って画面に登場した。スタジオは笑いに包まれていたが、視聴者にはどう映ったか。少なくとも僕自身はとても楽しかったです。

ユリオカさん、ありがとうございました。引き続きよろしくお願いします。

「ルパパト」ついに最終回

ルパパトが最終回を迎えた（二〇一九年二月十日）。むろんスーパー戦隊シリーズの最新作「快盗戦隊ルパンレンジャーVS警察戦隊パトレンジャー」のことである。元々は四歳の息子に付き合って観《み》始めたが、びっくりするほどに親の方がはまってしまった。すべての回を網羅したわけではないが、後半はオンタイムで観られない時は録画し、二回以上繰り返して観たエピソードも少なくない。

内容については以前も書いた。基本は怪盗対警察の死闘だが、怪盗側にもちゃんと「盗む」理由があって、悪対善という単純な図式ではない。しかももう一組「絶対悪」というべき存在があって、その前では怪盗も警察も「善」なのだ。ヒーロー物である以上、主人公は正義の味方でなくてはならず、これはとてもよく練られた設定だと思う。

その上、「絶対悪」の中にもヒエラルキーがあったり、怪盗と警察の間を行き来する不可思議な人物がいたり、敵か味方か判然としない、空中を飛び回る機械のような奴《やつ》もいたりと、なかなか人間関係も複雑。物語を繋《つな》ぐ緊張の糸は最終回まで途切れることがなかった。

特にドラマチックな終盤の展開には啞然《あぜん》。最後はルパンレンジャーも「悪事」から足を洗い、パトレンジャーと手を組んで、最終回で全員が警察戦隊になる結末をなんとなく予想していたが、この作品の作り手たちが、そんな安易な解決を選ぶはずがなかった。想像を超えた、しかしこれ以上格好いい終わり方はない結末に、僕はもう拍手喝采である。

いちばん連続ドラマを観ていたのはいつ頃《ごろ》だろう。やはり子供の頃か。特に中学時代は、テレビ漬けだった。すぐに思い出すのが月曜の八時からやっていた茂木草介原作・脚本の「けったいな人びと」、火曜十時の花登筐《はなとこばこ》原作・脚本の「どてらい男《やつ》」。金曜八時の早坂暁脚本「天下堂々」。どれもアクの強い登場人物に加え、観終わった瞬間に次回が気になる「引き」の面白さで、まさに連ドラの見本のような作品だった。

これに大河ドラマが加わるので、少なくとも僕は週に四回は連ドラにときめいていたことになる。最後にときめいたのは大学時代に観た市川森一脚本の「淋《さび》しいのはお前だけじゃない」。そして今回のルパパトである。

毎週、息子と二人で手に汗握り、笑い、感動した連続ドラマが終わってしまった。好きな時に観られる配信もいいけれど、やはり連ドラの魅力は、週に一回、決まった時間に観ることにある。その一週間があるからこそ、僕らはその間、主人公たちの生き方に存分に思いを馳《は》せることが出来るのだし、夜野《やの》魁利《かいり》や朝加圭一郎といったルパパトの仲間たちを身近に感じることが出来るのだ。

「快盗戦隊ルパンレンジャーＶＳ警察戦隊パトレンジャー」のスタッフ・キャストの皆さん、ありがとうございました。

ちなみに、息子はまだ最終回を観ていない。観てしまうと自分の中でルパパトの世界が完結してしまうので、辛《つら》いらしい。大人になってから観ると言い張っているが、いつまで我慢出来るか。

〈特別収録〉

三谷幸喜の「ここだけの話」

2019年8月18日

「完成披露試写会」

いよいよ完成披露試写会である（八月十九日）。

完成披露試写会とは、完成した映画を皆さんにご披露する試写会という意味である、たぶん。それまでマスコミ向けの試写はあっても、一般のお客様に観て頂くのはこの日が初めてになる。だから当日は、いつもそわそわする。果たして皆さん、楽しんでくれるのだろうか。最後まで席を立たずに観てくれるのだろうか。監督としては不安と緊張が頂点に達する日だ。

そのせいだろうか。今回は八本目の映画だから、完成披露試写会は今まで七回やっているはずなのに、ここだけの話、ほとんど覚えていない。そわそわがほぼ一日続くものだから、どんな場所でどんな人たちとどんなイベントを行ったのか、脳裏にまったく焼きつかないのだ。まさに記憶にございません状態である。

唯一はっきり思い出として残っているのが「ステキな金縛り」の時。あの日は台風が東京を直撃し、会場がガラガラだった。あんなに淋《さび》しいイベントは人生初。でも、お客さんがほとんどいなかかったので、こっちも気が楽だったのだろう。この日のことははっきり覚えている。

役者さんも舞台挨拶《あいさつ》があったりで本来は緊張するものだが、あの時は、主演の深津絵里さんも西田敏行さんも完全リラックス状態。少ない観客を前に僕は彼らと爆笑トークを繰り広げた。

「こんな大雨の中、今日、ここに来て下さったお客さんの顔を、僕は一生忘れません」と僕は挨拶を締めくくった。拍手して下さった一人一人の皆さんの顔を、残念ながら今はまったく思い出せないが、感謝の気持ちは今も決して忘れてはいません。ありがとうございました。

そうそう、あの時は宣伝活動の一環で期間限定のツイッターをやっていて、初めての経験だったから調子に乗ってしまい、「雨なのにリビングの窓を開けたまま出て来てしまいました。心配だ」とツイート。今頃、東京中の泥棒があなたの家を狙っていますよと、スタッフに脅かされ、慌てて削除したのを覚えている。これも懐かしい思い出だ。

「タイトル」

2019年8月19日

今回の映画のタイトルは「記憶にございません！」。

作品タイトルはすぐに決まる時もあれば、なかなかぴったりのものが見つからないケースもある。「ザ・マジックアワー」は台本を書き始めた時、すでにタイトルは決まっていたし、「清須会議」はこれ以外のものは考えもしなかった。

「ステキな金縛り」の時は、ちょっと奇をてらい過ぎな気がして、もうひとつの候補だった「幽霊、都へ行く」とどちらがいいか、スタッフ全員に投票して貰《もら》った。実は得票数でいえば、僅差《きんさ》で「幽霊〜」が勝っていたのだが、結局僕の判断で「ステキ〜」に決定。あの投票はなんだったのか、という意見が噴出した。そりゃそうですよね。でも、たぶん「幽霊〜」の圧勝だったら、僕はそっちを選んだと思う。皆さん、ご協力ありがとうございました。

今回はかなり悩んだ。初稿の時に台本の表紙にあったタイトルは「魚夫の旅路」。一見、なんだか分からないと思うが、これは古い映画で記憶喪失の男が主人公の「心の旅路」（マーヴィン・ルロイ監督）という作品があって、それをもじったもの。「魚夫」は「トトオ」と読む。主人公の総理の名前だ。なにか付けておかないと落ち着かないので、とりあえず付けたもの。お世辞にもいいタイトルとは言えない。

決定稿が完成しても、これといったものが浮かばず、こうなったらド直球に「記憶を失った総理大臣」で行こうと思ったこともあった。最後の最後にたどり着いたのが「記憶にございません！」。悪くないタイトルだと思っている。内容にぴったりだし、皮肉も効いている。なにしろ記憶に残りやすい。そしてこの映画がヒットすれば、以後、政治家たちはこのフレーズを使いづらくなるはずで、ある種の抑止力にもなるではないか。

ここだけの話、もうひとつ最終候補として残ったタイトルが「忘れたくても、思い出せない」。インパクトの差で「記憶に〜」に破れてしまったが、ちょっとフランス映画みたいで格好いいでしょ。実は赤塚不二夫先生の「天才バカボン」に登場するバカボンのパパの台詞《せりふ》の引用である。

「ネクタイ」　２０１９年８月20日

去年の今頃は、「記憶にございません！」の撮影の真っ最中だった。どういうわけか、僕の映画は夏の撮影が多い。「ザ・マジックアワー」も「ステキな金縛り」も暑い盛りだった。唯一夏の話である「清須会議」だけは、撮影が真冬というアンビリバブルな巡り合わせ。「記憶にございません！」は僕の作品にしては珍しくロケが多い。なんとゴルフ場のシーンまである。でもどんなに暑くても、僕はネクタイにジャケットというスタイルを崩さなかった。これには訳がある。

第一作「ラヂオの時間」を撮る時、僕は決めた。子供の頃から映画に親しんできた自分にとって撮影現場は、どうやって映画が作られていくかを教えてくれる「学校」であり、スタッフはカメラマンから助監督に至るまで、映画学校の「先生」だ。ならば僕も映画の世界に敬意を表し、きちんとした身なりで臨みたい、と。そしてその思いは現在も少しも変わっていない。僕はノーネクタイで撮影現場に行ったことは一度もない。

こんな格好の監督は珍しいらしく、取材でも聞かれることが多い。その度に今の話をするのだが、実はここだけの話、理由はそれだけではない。何事も形から入るタイプなので、日本でいえば川島雄三監督、ハリウッドでいえばヒッチコックと僕の好きな監督さんが、ネクタイ・スーツ姿で映画を撮っているスチール写真を見て真似《まね》したのでした。

それにしても今回はさすがに辛《つら》かった。猛暑が続き、ゴルフロケではさすがにネクタイはやめたほうがいいと、スタッフに説得された。妙なこだわりのせいで熱中症になってしまったら意味がない。

ロケ前日、撮影終わりにセットの控え室で小池栄子さんに呼び止められた。「三谷監督はどんなに暑くてもネクタイをするんですね。ステキです」と彼女は言った。僕は「ポリシーだからね」と答えるしかなかった。「監督、格好いいッス」と言い残して帰って行く小池栄子。

結局、ゴルフ場の撮影もすべてネクタイで通すことにした。そして僕は撮影終了後、軽い熱中症になった。

2019年8月21日

「ワイルダー」

ここだけの話、僕は映画も作るけど、舞台も作る。むしろ舞台の脚本家、演出家としてのキャリアの方が長い。

映画と舞台の演出には大きな違いがある。舞台の場合は、間近に迫った公演を観てくれる観客のために、稽古場で知恵を絞り、汗を流す。幕が開いてからも、観客の反応を見ながら台詞《せりふ》を直したり、芝居の間を詰めたりと、微調整を繰り返す。

映画はそうはいかない。僕がそのシーンを撮影する時、それを観客が観るのは、半年後、一年後。つまり僕らは遠い未来にこの映画を観る観客のために作品を作る。

これが難しい。目の前のお客さんを笑わせる術《すべ》は、長年経験を積んできたこともあり、なんとなくノウハウは分かっているつもりだ。しかし一年後にスクリーンの前に集まって来た人たちを確実に笑わせる自信は、僕にはない。

さらに言えば、映画は何十年先でも観ることが出来るし、字幕を付ければ世界中の人に観て貰うことだって出来る。実際僕は何十年も前に作られたハリウッドコメディを観て笑っている。僕の作品を百年後のネヴァダ州の人が観て笑っている姿を、僕はとても想像出来ない。

撮影現場でいつも思い出すのが、ビリー・ワイルダー監督のこのエピソード。「お熱いのがお好き」で、売れないミュージシャンのジャック・レモンはとある理由から女性に変装して生活するはめになる。ところが彼を女性と信じ込んだ大富豪のジョー・E・ブラウンが、なんとレモンに愛の告白。男性からプロポーズされたと、レモンが親友のトニー・カーチスに告白するシーンで、レモンはやたら嬉《うれ》しそうにマラカスを振る。撮影中、彼はワイルダー監督に質問した。なぜここで自分はマラカスを振らなければいけないのか。プロポーズされたという台詞だけで十分面白いではないか、と。それに対して監督が言った言葉が凄《すご》い。「面白い台詞で観客は笑うだろ。その笑い声で次の台詞が聞こえなくなると困るから、君は合間にマラカスを振るんだよ」

流石《さすが》です、ワイルダー先生。

「妥協」　２０１９年８月22日

撮影初日。リハーサルを終えた中井貴一さんが僕に歩み寄ってこう言った。「監督、絶対に妥協はしないで下さい。僕らは監督がＯＫするまで、何回でもやります。監督が納得するまで、時間かけてやりましょう」

「妥協」。英語で言うところのcompromise。ここだけの話、学生時代、授業で教わった英単語の中で一番好きな言葉だった。意味は関係ない。音の響きがやたら格好いいのだ。ネガティブな内容のくせに、発音した感じはとても前向き。しかも口に出してみると、英語がとても上手《うま》くなった気になる。まさに声に出してみたくなる英語。ぜひ皆さん、お試し下さい。

Let's! Compromise.

中井さんの言う通り、監督が安易に妥協してしまうと、決していい作品は作れない。でも実際の撮影現場では現実問題としてそうも言ってられない時がある。ロケだと天候の問題。自分の望んでいた雲の形になるまで待っていたら、日が暮れて撮影出来なくなる。とことん粘る監督さんもいると思うし、本当はそれが正しいのかもしれないが、僕にはそれが出来ない。

その日のうちに撮りきれなければ、予定が押す。その分お金も掛かる。スケジュール通り、予算通りに作り上げるのも、監督の大事な仕事だと思うのだ。

そしてなにより、役者の問題。監督のイメージに合った雲が現れるまで、彼らはずっと待機していなければならない。リハーサルを重ねることで高まっていったモチベーションはどんどん下がっていく。撮影には勢いが必要だと思う。何度も稽古して、「よし、今だ」という瞬間にカメラを回す、それが理想。だから僕は多少納得いかない雲でも気にしない。役者の芝居を優先することにしている。

これは妥協である。間違いなくcompromiseである。とはいえ中井さんに言われたことも当然大事にしたい。ではどうするか。ひとつだけ方法がある。

妥協して100が80になるのは絶対に避けたい。となれば、妥協して100になるように、そもそもの目標を120に設定しておけばいいのです。

言うのは簡単。

「取材」　2019年8月23日

公開に向けて、宣伝活動が活発だ。映画は沢山《たくさん》の人の努力と才能で作られている。どうせなら沢山の人に観て欲しい。だから出来るだけ多くの媒体で、こんな面白い映画があるんですよ、と伝えていくのである。特にメインキャストの皆さんは、連日、数え切れないほどの雑誌や情報番組のインタビューに答えている。ありがたいことです。

インタビュアーは、必ずと言っていいほど、撮影中の裏話を聞いてくる。共演者のエピソードとか、印象に残ったシーンとか、監督に言われて心に残った一言とか。しかし映画を撮っていたのはほぼ一年前。役者さんは大変だと思う。よく話が出来るものだと、ひたすら感心。僕ですら細かいことは覚えていないというのに。中でも中井貴一さんは完璧に一年前のことを記憶している。いつでも相手の質問に沿ったベストの答えを返す中井貴一。まさに職人芸である。

そしてここだけの話、石田ゆり子さんはほとんど忘れている。取材を受けても、「それが覚えてないんです」で押し通す。さすがに映画のストーリーくらいは覚えているみたいだが、ディテールは壊滅状態。誰と共演していたかも、そろそろ忘れ始めている。軽い記憶喪失である。「だって一年前なんだもの」と石田さん。その後に別の映画にも出演したし、覚えていられるはずがない、と。それもそうだ。

そんな彼女も、取材が続いて何度も映画のことを話しているうちに、少しずつ記憶が蘇《よみがえ》ってきた。石田さんのクランクインがフラメンコを踊るシーンだったことも、思い出してくれた。あと少しだ。

記憶はおぼろげでも、取材の時の石田さんはとても楽しげである。共演者の話に笑い、中井さんのコメントに感心し、映画のタイトルをカメラに向かって皆で叫ぶ時も、誰よりも嬉しそうだ。石田ゆり子さんはそういう人なのである。そして彼女の笑顔は、周りの人を幸せにする。

だから、自分の役名を忘れてしまったとしても、まったく気にする必要はないですからね、ゆり子さん。

「大統領」

2019年8月24日

これまで日本映画にアメリカ大統領（正確にはアメリカ大統領役）が登場したことって、何回あるのだろうか。僕の記憶では、我らが草刈正雄主演「復活の日」のリチャードソン大統領（演じたのはグレン・フォード）くらい。他にもあるかもしれないけど、今回の「記憶にございません！」みたいに日本人の俳優が大統領を演じたケースは、かなりレアなのではないか。

アメリカ大統領スーザン・セントジェームス・ナリカワを演じるのは木村佳乃さん。ここだけの話、初稿の段階でこの役は男性だった。僕がイメージしていたのはテレビドラマ「ベター・コール・ソウル」の主演俳優ボブ・オデンカーク。いかがわしい弁護士をとてもチャーミングに演じていて、大ファンになってしまった。その胡散臭《うさんくさ》いキャラそのままに大統領をやってくれたら面白いなと、実際にエージェントと交渉も進めていたが、彼は以前にも大統領役をやったことがあり（！）、キャラが被《かぶ》るということで結局実現しなかった。

発想を変え、日本人で大統領を演じられる人を探す。真っ先に思い浮かんだのが木村佳乃さん。オデンカークと佳乃さんとではかなり印象に開きがあるが、彼女がやってくれるなら、いくらでもホンは書き直す。佳乃さんとは以前、舞台でご一緒したことがあり（大河ドラマ「真田丸」にも出て頂きました）、その思い切った演技が印象に残っていた。しかもロンドン生まれで英語も堪能。本人は中学生レベルと謙遜するけど、なんのなんの。彼女ならきっと上手く演じてくれるに違いない。いや、日本人で米大統領を演じられるのは、もはや彼女しかいない！

下手したら出て来た瞬間にコントになりかねない危険な賭けではあったけど、佳乃さんは見事にこの「初の女性、初の日系」米大統領を演じてくれた。台詞はほとんど英語。イメージはサッチャー＋ヒラリー・クリントン。メイクは一九五〇年代のハリウッドスター風。堂々たる風格で、木村佳乃さんはドラマを盛り上げてくれます。後半の英語のスピーチは圧巻。

「アクション派監督」

2019年8月25日

初めて映画を撮る時、助監督さんに「カメラを回す時の合図は、『用意、スタート』にしますか『用意、アクション』にしますか」と聞かれた。多いのは「スタート」のようだが、なんとなく運動会みたいで照れ臭く、「アクション」を選んだ。以来、ずっと「用意、アクション」と言い続けている。他の監督さんの現場をほとんど知らないのではっきりしたことは言えないが、「アクション」派の監督さんは、あまり多くはないみたいだ。

さすがに最近は慣れたけど、大声で「アクション」と言うのはやはり抵抗がある。今まで一番恥ずかしかったのは、壁時計の寄りのカットの撮影。モノに向かっての「アクション！」がそもそも恥ずかしいのに、そいつは僕が「アクション」と言う前から動いているのである。辛かった。本当は時計にではなく、カメラさんやその他のスタッフに向かって言っているのだから、照れる必要はないのだけれど。

カメラを止める時は「カット！」と言う。これはだいたい皆さん、そうみたい。撮影後、今撮った映像をその場でプレイバック、モニターでチェックするが、再生映像を観ながら、「カット！」と叫んでしまったことが二度ある。撮影している時も同じモニターを観ているので、再生している間に気持ちが入ってしまい、今撮っていると錯覚してしまうのだ。二回とも周囲のスタッフはノーリアクションだったが、絶対に聞こえているはず。僕に気を使ってくれたのだろうが、余計恥ずかしいので、ああいう場合はむしろ突っ込んで欲しい。

ここだけの話、笑いすぎ、または感動して「カット」が掛けられなかったことも何度かある。監督が現場で爆笑したり号泣したりしている姿ほど哀《かな》しいものはないと思っているので、なるべくこれは避けたいのだが、実はちょくちょくある。

「記憶にございません！」のラストシーン、ラストカット。中井貴一さんの表情のアップを撮った時、僕は一瞬、カットを掛ける声に詰まった。その時、僕が笑いをこらえていたのか、むせび泣いていたのかは、ご想像にお任せします。


「後藤さん」 **２０１９年８月26日**

ジャルジャルの後藤淳平さん。今回は草刈正雄さん扮する官房長官の秘書官役で出演してもらった。

一緒に仕事をするのは初めてだが、「めちゃイケ」で彼の存在を知ってから、いつか僕の作品に出て欲しいと思っていた。

後藤さんの、特徴のない顔が好きだ。普通、特徴のない人が画面に映ると、特徴がないので印象に残らないものだが、後藤さんの特徴のない顔は、その特徴のなさが半端ではないから、すでに特徴のなさが「特徴」になっている。だから印象に残るのである。

彼が扮する八代は、常に官房長官のそばにいて、出番も多い。官房長官より目立って欲しくはないけど存在感も必要。そんな難しい立ち位置の役を、後藤さんは淡々とそして的確に演じてくれている。漫才やコントで鍛えているから、笑いのセンスもある。台詞の間もいい。ここだけの話、八代の台詞は現場で追加したものが多い。画面の中の彼を見ていると、何か喋《しゃべ》らせたくなるのだ。最後にちょっとした見せ場があって、このシーンの後藤さんもとてもいい。ずっと自分を殺してきた八代が、初めて感情を少しだけ出すシーン。この「少しだけ」が後藤さんらしくて、素晴らしいのだ。

撮影終了後、M－1グランプリでジャルジャルが惜しくも優勝を逃した時、ジャルジャル贔屓《びいき》の僕は彼らのネタがとても面白かったので、後藤さんに励ましのメールを送った。すぐに返信があったが、その内容がかなりフレンドリーで、最後が「またご飯行きましょう」で締められていた。フレンドリーなのは気にならなかったが、「ご飯行きましょう」は、ご飯に行ったことがないので不思議に思った。二日後、後藤さんからメールがあり、どうやら僕と同じ名字の友人と間違えてしまったらしい。普段はとても礼儀正しい方なので、間違いに気付いた時はさぞパニックになったことだろう。想像するだけで楽しい。

役者後藤淳平は、その独特な存在感で、これからもっともっと活躍していくと思う。また僕の作品にも出て下さいね。

２０１９年８月27日

「なんとか」

僕の映画のスタッフは一流の方ばかり。「ラヂオの時間」から一貫して録音を担当して下さっている瀬川徹夫さんは、僕が子供の頃にはまった特撮もの「マグマ大使」にスタッフとして参加していた、まさに大ベテラン。あのマグマ大使が変身する時のシャキーンシャキーンという独特の効果音は、瀬川さんが出されていたという。

そんな凄い人たちに囲まれて、監督だけが、アマチュア感丸出しの三谷組。舞台やテレビの仕事をして、数年に一回、映画の世界に戻って来る。そんなパターンが続いているせいか、いつになっても僕は、映画の世界の住民票を貰えずにいる気分だ。

撮影監督の山本さんからは、「三谷さんはこれ以上上手くなる必要はない。三谷さんにしか作れない作品を作って下さい。それを映画にするのは僕らの仕事だから」と、有り難く、そして格好いい言葉を頂いたけど、それでも上手くなるに越したことはない。

少しでもスタッフに追いつこうと、誰よりも早くスタジオに来て、その日撮影する場面のシミュレーションをする。どんな風に俳優さんに動いて貰えば、面白いシーンになるか。台本片手に一人何役もこなしながら、動きを考えていく。

「記憶にございません！」に出て来た深夜の秘書官室。井坂（ディーン・フジオカ）とのぞみ（小池栄子）の秘書官同士の会話。短いシーンだが、二人は立ったり座ったり、結構忙しく動き回る。まずのぞみがビールを出し、井坂がデスクの引き出しからなぜか駄菓子（干したいかを串に刺したもの）を持って来て、今度はのぞみがお手ふき用のティッシュを用意する。ここだけの話、この一連の動作は、撮影当日の朝に考えた。実際のセットに立ち、何度も何度も動いてやっと思いつく。優れた監督さんなら台本を読んだだけで、動きが見えて来るのだろうが、こっちはもう必死だ。

「駄菓子（干したいかを串に刺したもの）があると嬉しいんですが」と助監督さんにお願いしたら、撮影が始まる時間にはきちんと用意されていた。優秀なスタッフたちに支えられ、僕はなんとか監督業を続けている。

「小池さん」　２０１９年８月28日

一昨年の舞台「子供の事情」で、悪ガキの小学生を演じてくれたのが小池栄子さん。お仕事をするのはその時が初めてだったが、その度胸の良さ、頭の回転の速さ、そして芝居の巧《うま》さにたちまちファンになり、ぜひまた一緒に仕事をしたいと思っていた。

「記憶にございません！」では、記憶を失った総理の秘密を知る秘書官三人組の一人、番場のぞみを演じている。

「子供の事情」でダイナミックな歌と踊りを披露してくれた小池さんには、今回もぜひ踊って欲しかった。彼女のダンスを映画史に刻みたかった。そこで、総理夫人（石田ゆり子さん）の代役として急きょテレビに出演、踊るはめになるシーンを作った。ここだけの話、実際もほぼぶっつけ本番で、小池さんには自由に舞い踊って貰った。映画の見所の一つである。

日本人離れした容姿。出て来ただけで、画面が華やかになる小池さん。彼女の顔が画《え》に入ると、「映画度」が三割アップするように感じる。頭の回転も速いのでバラエティ番組でも活躍しているが、彼女の本質は映画女優だと僕は思っている。

本人はウルトラマン顔ですからと謙遜するが、たまに見せる憂いを含んだ表情は、お地蔵様のように神々しい。立っているだけでも絵になる人。休み時間にケイタリングを待っている彼女の姿は、まるで激しい向かい風の中、びくともせずに佇《たたず》んでいる軍鶏《シャモ》くらいに勇ましかった。

芝居は出来るし、見た目もいい。しかも性格はいたって真面目。映画のラスト近く、総理のある行動に彼女が拍手を送る場面がある。その拍手の仕方が実に力強かったので、他のシーンの撮影時、「小池さん、ここでも拍手するのはどうですか」と冗談で言ったら、リハーサルで彼女は本当に拍手をしてしまった。

「本当にしなくても良かったのに」「ひどいじゃないですか、しろって言うから」「冗談に決まってるじゃないですか、まさかやるとは思わなかった」「そりゃやりますよ、監督に言われたら。いやだ私、拍手大好きな人みたいになっちゃってるじゃないですか、どうしてくれるんですか！」

失礼いたしました、小池さん。

「サントラ」　２０１９年８月29日

子供の頃、テレビで映画「大脱走」を観て、（こんなに面白いものが世の中にあったのか）と愕《がく》然《ぜん》とした。一九六三年公開のアメリカ映画（監督はジョン・スタージェス）。当時はビデオもＤＶＤもブルーレイもなく、次に「大脱走」を観るためには、再びテレビでオンエアされるか、映画館のリバイバル上映を待つしかなかった。

ある時、たぶん土曜の昼過ぎだったと思うが、部屋で本を読んでいると、突然どこからかあの映画のテーマ曲が流れて来た。慌ててリビングに駆けつけ、テレビをつけるがどこの局もやっていない。どうやらそれは、隣の材木置き場で働く大工さんのラジオから流れて来ているようだった。その日初めて、僕は世の中にサントラというものがあることを知った。

サウンドトラックのレコードは、当時の僕にとって、映画の記憶を補強する唯一のアイテムだった。繰り返し聴いた「大脱走」のサントラ。ほとんどのＢＧＭは今でも覚えている。完璧に口で再現することも可能だ。頼まれればいつでも披露します。

そんなわけで、自分の映画の音楽にも当然、力が入る。「ザ・マジックアワー」から音楽を担当してくれている荻野清子さん。舞台でも何度も組んでいるので、僕の好みを完璧に分かってくれている。だから彼女との仕事は楽しい。綿密に音楽設計を打ち合わせし、デモを作ってもらい、それを映像に当てながら、試行錯誤を繰り返す。音楽録音は、映画を作るすべてのプロセスの中で、三本の指に入る「わくわくする」瞬間だ。

これまで、僕の映画はいつも音に溢《あふ》れていた。でも今回は、荻野さんと話し合って、ちょっと趣向を変えてみることにした。曲数を減らし、その分、ひとつのモチーフにとことんこだわる。これでもかというほど、もちろんアレンジは変えながら、同じフレーズを繰り返していく。それによって逆に音楽を印象づけようという演出だ。実際にそれによってどんな効果が生まれたかは、映画を観てのお楽しみ。

ここだけの話、秘書官役の小池栄子さんが、ある「もの」を朗読する時に流れる、素朴で印象的な鍵盤ハーモニカは、僕が演奏しています。

「新曲」 **2019年8月30日**

「まったく記憶にございません」は、映画「記憶にございません！」の挿入歌ではありません。映画の中では一度も流れません。言ってみればイメージソングでございます。

サントラのCDを出すに当たって、何か特典のようなものを作りたいとプロデューサーに言われた。そこで僕が提案し、中井さんに一曲歌って貰うことに。

中井さんの歌が上手いのは、分かっていた。僕の作演出による「日本の歴史」というミュージカルにも出演している。彼にとって初めての経験だったが、舞台狭しと歌い踊るその姿は、新しいミュージカルスターの誕生を感じさせた。

そんな中井さんに今回僕は、植木等さんのような曲を歌って欲しいと思った。目指すのは、「スーダラ節」「ホンダラ行進曲」といったハナ肇とクレージーキャッツの楽曲。ボーカル植木さんの伸びやかな歌唱が耳に残る昭和の名曲だ。僕は青島幸男さんになりきって詞を書き、音楽の荻野清子さんは名作曲家萩原哲晶《はぎわらひろあき》さんにオマージュを捧げた。

僕と中井さんは同い年で、「ハナ肇とクレージーキャッツ」にはまった最後の世代。お互いにとって、植木等さんはレジェンド的な存在だ。中井さんは、令和の植木等を目指して熱唱。こうして出来上がったのが「まったく記憶にございません」だ。

サラリーマンの悲哀を歌った内容だが、中井さんのあっけらかんとした歌声が耳に心地よい。令和も平成もまったく感じさせない、昭和テイスト満載の一曲。実は僕もかけ声で参加しています。ここだけの話、僕は植木さんの盟友、谷啓さんの抜けた感じを意識してみました。忘年会、年末の季節。宴会ソングとしてもお勧めなので、ぜひ皆さんも歌ってみて下さい。

出来ればこの曲で、中井さんに紅白歌合戦に出て欲しい。植木さんのように真っ白なスーツで朗々と歌って欲しい。その時僕も、谷啓さんのポジションで、ついでに佐藤浩市さんも呼んでハナ肇さんになりきってもらい、応援に駆けつけたいと思います。

「まったく記憶にございません」は映画のサントラに収録されています。公式HPでMVも観られますよ。


「政治家顔」　　**2019年8月31日**

今回は政界が舞台なので、中井貴一さん扮する黒田総理を筆頭に大勢の閣僚が登場する。キャスティングは主に見た目で選ばせて頂いた。ベテラン政治家特有の顎《あご》の張った感じ、頑丈そうな頰骨。地にどっしり根が生えたような体型。

牛尾外務大臣を演じたのは、ずんの飯尾和樹さん。以前、バラエティ番組内のコントで共演させて貰い、その柔軟な演技に唸《うな》らされた。舞台「江戸は燃えているか」では幕末の剣豪山岡鉄太郎役。まったく強そうに見えない鉄太郎だったが、顔面の大きさはむしろ映像より舞台向き。圧倒的な存在感を見せつけてくれた。今回はかつての大平正芳総理にどことなく風貌《ふうぼう》が似ているので、出演を依頼した。

ゴルフでバンカーにはまるシーンがあるが、ここだけの話、実は飯尾さんのゴルフの腕前はプロ並み。出演者の中では佐藤浩市さんといい勝負ではないか。

ところで牛尾大臣の巨大な耳。閣僚会議のシーンで最初に出て来てから、だいぶ経って再登場するので、観客が存在を忘れないように、特殊メイクの江川悦子さんに作って頂いた特製福耳。改めて観るとちょっとでかすぎたかも。リアルとファンタジーの間を揺れ動く今回の作品で、もっともファンタジー寄りなのが、この外務大臣の耳である。

桜塚厚生労働大臣役の市川男女蔵《おめぞう》さん。坂東巳之助《みのすけ》さんの披露宴で、たまたま席が隣り合わせになり、不動明王を思わせるその風貌に魅了され、いつかこの人を（正確にはいつかこの顔を）映画に引っ張り出したいと思った。

初映画ということで現場では緊張されていたようだが、さすが歌舞伎役者、声の大きさは半端なく、十メートル先の花瓶が揺れるほど。見た目も豪快、中身も豪快。豪快エピソードには事欠かないお人だが、その武勇談はとてもここに書ける類いのものではないのが惜しい。

飯尾さんも男女蔵さんも見た目はごっついが、当たりが柔らかく、話も面白いので、スタッフ(特に女性)に人気が高いという共通点を持つ。飯尾さんのことが嫌いな人間はこの地球にはいないのではないか。男女蔵さんの歌舞伎界での愛称オメッティが、スタッフの間に浸透するのにそう時間は掛からなかった。

「おディーン様」　２０１９年９月１日

ディーン・フジオカさん。僕の作品は今回が初めてだ。クランクインの前に、台本について話し合いたいと言われ、事務所で会った。既に付箋でお花畑みたいになっている台本を手に、ディーンさんは役作りについて、自分の考えが間違えていないか、細かく質問してきた。ここだけの話、これだけ熱心に台本を読み込む俳優さんは、寺島進さん以来だ(あとは、たまに佐藤浩市)。

撮影現場でのディーンさんは、まるで王子様のよう。佇まいの品の良さが半端ではない。彼が「おディーン様」と呼ばれるのも頷《うなず》ける。「おディーン」でもなく「ディーン様」でもなく、まさに「おディーン様」。「おディーン様」は出番を待っている間も「おディーン様」を演じ続けているように見える。まったく隙がない。こんな役者さんを前にも見たことがあると思った。田村正和さんだ。

それでいてディーンさんはたまに突然、子犬のような目になる瞬間がある。無防備な時の、人懐こくて無邪気で、それでいて少し淋しそうな表情の彼を、僕は何度か見かけた。近寄っていくと、すぐにスイッチが入って「おディーン様」に戻ったけれど。

もっと彼のいろんな表情が見たいと思った。黒田総理（中井貴一さん）と井坂秘書官（ディーンさん）が心を通い合わせるシーン。リハーサルが終わった後、中井さんをそっと呼んで、「台詞終わりでディーンさんをいきなりくすぐってみてくれませんか」とお願いした。中井さんはすぐに僕の意図を理解し、「やってみましょう」と言った。本番。すべての台詞が終わってカットが掛かる直前、中井さんは渾身《こんしん》の力を込めて、突然、ディーンさんをくすぐった。彼は一瞬身構えたが、決して役を離れることはなかった。ちょっと残念だったが、僕がカットを掛けた時、とびきりの笑顔で「びっくりしたあ」と言った彼の、少年のような姿は忘れられない。

ディーンさんは、さらなる可能性を秘めた俳優さんだ。「おディーン様」だけではもったいない。だから僕はこれから彼のことを、名優でんでんさんをもじって、ディンディンさんと呼ぼうと思っています。

「長回し」　２０１９年９月２日

長回しが大好きだ。初めて撮った映画「ラヂオの時間」のファーストシーンも長回しだった。

僕は本来舞台の人間である。僕の芝居は場面が変わることがあまりない。一度幕が開くと、暗転を挟まずに最後までノンストップで進む。言ってみれば究極の長回しみたいなものだ。つまり僕にとって長回しという撮影法は、映画と舞台の幸せな融合なのである。

長回しが上手く行くと、観客はカメラの存在を意識せずに役者の芝居に集中出来る。それが映画であることすら忘れてしまうくらい、リアルでスリリングだ。

今回の「記憶にございません！」にもいくつか長回しのシーンが出て来る。総理（中井貴一さん）とフリーライターの古郡《ふるごおり》（佐藤浩市さん）が出会うバーのシーンは、現代を代表する名優二人の息の合った芝居を堪能することが出来る。そして総理と野党党首（吉田羊さん）がホテルの一室で会う場面。ここは本来、カットを割って撮るつもりだった。狭い室内では、カメラが動き回れないので長回しは難しい。でもロケハンで、都内一の高級ホテルの一泊百万円以上もする広大なスイートルームを見つけた時、ここならカットを割らなくてもいけると確信した。

撮影当日は、台本三ページ分を一気に撮った。吉田さん、中井さん、そしてカメラ（撮影監督は山本英夫さん）はその間、縦横無尽に室内を移動する。時間にして約三分半。吉田さんはその間に服を着替え、メイクを変えて、どんどん見た目が変貌していく。実はこの場面、かなり刺激的なシーンでもあり、リハを重ねながら、（え、羊さんにこんなことをさせていいのだろうか）とか（わ、羊さんにこんな格好させせて本人に嫌われないだろうか）とヒヤヒヤしていた。ところがここだけの話、彼女は台本を読んだ時には、もっと過激なものを想像していたらしい。それを先に聞いていたら、「全裸監督」とは言わないまでも、もっといろいろチャレンジしたのにと、少々悔やまれる。

それでも女優吉田羊の新しい一面を出すことが出来たのではないだろうか。なにしろ長回しは、一度しくじると最初からやり直し。役者も気合いが入るのである。

「えんぎもの」 **2019年9月3日**

今回、省エネルックの財務大臣を演じている小林隆、建設会社の社長役の梶原善、定食屋の親父の阿南健治は、僕が主宰していた劇団「東京サンシャインボーイズ」のメンバーだ。酔っ払い役の近藤芳正さんも長年、一緒に芝居を作って来た仲だが、彼は劇団員ではない。

小林隆は通称こばさん。最年長で、大学時代ヨット部だったこともあり、体育会系で、当時は「頼れる兄貴」的存在だった。阿南健治、通称阿南ちゃん（そのまんま）。テキサスでカウボーイをやった後、大衆演劇の世界に入り、役者になったという変わり種。スクールメイツで踊っていた過去もあるらしい。ゼンこと梶原善は岡山出身。独特のライフスタイルで、衣食住、すべてに強いこだわりを持っている。当時、ゼンの周囲には、彼を頼って岡山から上京してきた若手演劇人が多数いて、ゼンは彼らの精神的支柱だった。

遠い昔、稽古場で皆で飲んでざこ寝した時のこと。個人主義のアウトロー阿南ちゃんは先に帰ったが、こばさんとゼンはべろんべろんになるまで飲み、ほぼ意識がなくなったこばさんの顔に、ゼンが油性ペンでいたずら描き。指もガムテでぐるぐる巻きにして、いわゆる「豚さんの手（梶原談）」状態に。目を覚ましたこばさんが大激怒、大人がすることじゃないとゼンを叱りつける彼の手が、しっかり「豚さんの手」だったことは、今も決して忘れはしない。

僕の作品に出て貰う度に思うのだが、こばさんも阿南ちゃんもゼンも、僕がやりたいことをすぐに理解してくれる。さすがかつての劇団仲間。そして今も彼らが役者として、ちゃんと活動していることが、なによりも嬉しい。

梶原善は僕の監督する作品すべてに出てくれている。近作でいえば「ギャラクシー街道」の謎の宇宙学講師。「清須会議」では秀吉の弟小一郎（後の豊臣秀長）。ワンポイント的な出演が多く、「俺、他の現場では、もっといい役貰ってるんだけどな」とよくぼやいている。

ここまで来ると「縁起物」みたいなもので、ここだけの話、僕が今後も映画を撮り続ける限り、彼には出て貰おうと思っている。

「コウモリ」

2019年9月4日

僕は、舞台を作り、映画を撮り、テレビドラマの脚本を書く。どれが自分の本業なのか、未だによく分かっていない。鳥と獣の間を行ったり来たりして、結局、自分の居場所が分からないイソップ童話のコウモリみたいなものだ。朝日新聞に連載中のエッセイ「ありふれた生活」は近い将来一千回を迎えるが、その第一回目にも同じようなことを書いていた。

映画のイメージソング「まったく記憶にございません」を紹介したネット記事に、僕が作詞をしたのは「ステキな金縛り」（二〇一一年）の主題歌以来だとあった。実際は、去年「日本の歴史」というオリジナルミュージカルを作っている。映画の宣伝の場合は、舞台の仕事はカウントされないみたいで、ちょっと淋しかった（と思ったら四年前の「ギャラクシー街道」でも作詞をしていました。西川貴教さんの絶唱を忘れてはいけません）。

テレビドラマの脚本家としてしか僕を知らない人にしてみれば、三谷幸喜という作家は、民放では「合い言葉は勇気」（二〇〇〇年）以来、連ドラを書いていない、無茶苦茶作品数の少ないヤツということになる。僕を映画監督としてだけ認識している人には、たまにしか作品を発表しない、成長の遅い監督と思われていることだろう。稀《まれ》だと思うが、僕をテレビタレントだと思っている人には、最近またテレビに出始めた、どこが面白いのかよく分からない眼鏡のおっさん、のイメージだろうし、テレビも映画も舞台も観ない、うちのご近所さんにとっては、いつもぼーっとしながらイヌを散歩させている怪しい男でしかない。

僕の仕事のすべてを把握している人はそうはいないだろうし、観客や視聴者は、その作家のすべてを知る必要もないと思う。

でも、受け手がどう思おうが、僕は一人しかいない。だから僕の前作は「ギャラクシー街道」ではなく、六月にやった新作歌舞伎「月光露針路日本《つきあかりめざすふるさと》~風雲児たち」（二〇一九年六月一日~二十五日）である。

たぶんきっとこの先も、こんな状態が続くのだろうな。それが幸せなことだということは、もちろん分かっている。

そしてここだけの話、今、映画のキャンペーンをやりつつ、新作舞台の劇場に通い、久々の連続ドラマのシナリオの構想を練りながら、来年の舞台のホンを書いています。楽しい日々。

「田中さん」 2019年9月5日

田中圭さん。去年上演した「江戸は燃えているか」で初めてご一緒した。骨太な中にほど良くブレンドされたチャラさ。それが第一印象。一見、格好いいのかよくないのかよく分からない人で、稽古場でもどちらかといえば、いじられキャラ。ところが格好いい芝居をすると、相当に格好いいので、やっぱり格好いいのだろう。前日のお酒が祟《たた》って、ぱんぱんにむくんだ顔で皆の前に現れたことがあった。さんざん共演者にいじられた挙げ句、稽古が終わる頃には見違えるようにすっきりし、涼しい二枚目顔で帰って行った田中圭。つまりはそんな人だ。

公演中に女優さんの一人が体調を崩してしまい、僕が急きょ代役を務めることになった。その時、舞台上でもっとも頼りになったのが田中さんだ。戸惑う僕をうまく誘導し台詞に詰まると、アドリブでフォローしてくれた。それでいて自分の芝居は完璧にこなす。僕は演技をしながら、（この人に一生付いて行こう〉と決意したくらいだ。

「彼に警官の役をやらせたい」と思ったのは、その頃。愛嬌《あいきょう》のある「頼れるお兄さん」顔の田中さん。絶対に警察官の制服が似合うと思った。まだ映画の台本も完成していない時期に「どんなに出番が少なくても、僕の映画に出てくれませんか」と頼んだら、「もちろん出ますよ」と言ってくれた。その後、「おっさんずラブ」が始まり、瞬く間に忙しくなったが、彼はきちんと約束を果たしてくれた。

当初は冒頭だけの登場のはずだったが、熱いけど不満だらけのこの警官、田中さんが演じることを前提に考えたらもっと活躍させたくなってきた。そこで後半、再登場させることに。現場では、田中さんがさらに肉付けしてくれて、警官大関は、プロットの段階からもっとも成長したキャラとなった。

記憶を失った黒田総理が路上に座り込み、野次馬に取り囲まれる。そこへ現れた大関。携帯をかざす人に「撮ってくれんなっつーの」と一喝。ここだけの話、この台詞は田中さんのアドリブだ。この一言の中に彼は、警官大関の職務熱心さ、そして温かさを表現した。言葉はぶっきらぼうだが、なんとも優しい「撮ってくれんなっつーの」。

田中圭、いい役者さんです。

2019年9月6日

「ROLLYさん」

ROLLYさんのことは以前から知っていて、いつか自分の作品に出て欲しいなと思っていた。そして出て貰うなら、彼の派手なメイクとコスチュームの下に隠された、ステキな素顔を生かして、サラリーマンか政治家役と決めていた。その夢が叶った。

今回、ＲＯＬＬＹさんが演じる鰐淵影虎は議員で、黒田総理の妻聡子の兄。かつてドラマでレントゲン技師を演じた時でさえ、あのポエミーなメイクを落とすことのなかったＲＯＬＬＹさんが、初めてノーメイクで皆さんの前に登場する。感謝しかない。

クランクインの日。ＲＯＬＬＹさんは緊張の面持ちでスタジオへ現れた。黒田総理の中井貴一さんと聡子夫人の石田ゆり子さんとの三人のシーン。僕は舞台で彼の柔軟な演技を何度も観ているので、あまりの緊張で、呼吸するのもやっとな感じのＲＯＬＬＹさんに、正直びっくりした。やはりスッピンで演技をするということは、彼にとって、全裸演技と同じくらいドキドキするものなのだろうか。ドアを開けて飛び込んで来るという芝居が、何度やっても決まらない。ＮＧを出す度に真面目なＲＯＬＬＹさんは、現場のスタッフ全員に「大変申し訳ありませんでした」と頭を下げまくった。その律儀さにもほどがあり過ぎる姿に、中井さんは「大丈夫、いくらでも付き合いますよ」と温かく応え、石田さんは「ＲＯＬＬＹさんて、なんだか私の兄に似てるんです」と、よく分からないけど胸に染みるエール（？）を送った。

演技には苦労されたみたいだけど、ＲＯＬＬＹさんの持つ不思議なおかしさと哀《かな》しさのおかげで、鰐淵は、映画の中でも特に印象的なキャラクターになったと思う。濱田龍臣《たつおみ》さん演じる総理の息子の部屋で、ギターをつま弾きながら彼を励ます場面は、ＲＯＬＬＹさんらしい優しさに溢れていて、僕の好きなシーンだ。

鰐淵は映画の後半で、〇〇〇〇に就任するのだが、ここだけの話、実は〇〇〇〇就任記者会見のシーンも撮影した。全体のテンポを考慮し、編集でカットしてしまい、本当にごめんなさい、ＲＯ

ＬＬＹさん。ほぼ全編ＲＯＬＬＹさんのアドリブで行った就任会見は爆笑もの。いつか何らかの形で、皆さんにもご披露したいと思っています。

「草刈さん」　２０１９年９月７日

草刈正雄さんといえば、僕らの世代にとってはヒーローだ。キムタクが登場するまで、二枚目といえば間違いなく草刈さんだった（その前はアラン・ドロン）。ジーパンの前ポケットに手を入れ、やや猫背気味、なぜか歯を食いしばって「んー、草刈正雄です」と言うモノマネは、「こんばんは森進一です」と並ぶ定番だった。

そんな大スターの台詞が書ける幸せを、僕はこれまで四回味わっている。「古畑任三郎」と大河ドラマ「真田丸」、ＮＨＫ正月時代劇「風雲児たち～蘭学革命《れぼりゅうし》篇～」と今回だ（舞台「君となら」は再々演で、草刈さんに当てて書いたものではないので除く）。脚本家冥利に尽きる。

現場の草刈さんはいつも穏やかで、にこにこ微笑《ほほえ》んでいらっしゃる。だが一度役に入ると豹変《ひょうへん》。今回も政界の巨悪鶴丸官房長官に身も心もなりきっていた。総理執務室に怒りながら飛び込んで来るシーン。「んぬあああああ」と言葉にならない雄叫《おたけ》びを上げて廊下を足早にやって来る草刈さん。そのまま執務室のドアを開け、「んんんぐあああ」となんとノブを引き千切り、室内に乱入。手にしたノブを思い切り床に投げ捨てた。とてつもない迫力だったが、さすがに力任せにドアを壊すのはどうだろうということで、撮り直しに。「すみません、やりすぎましたね」と草刈さんはいたく恐縮。セットを破壊したことをスタッフに謝ってまわるその姿は、大先輩に失礼を承知で言わせてもらえば、とても愛くるしかった。ＮＧにはなったけど、草刈さん。あのシーン、最高でした。

ここだけの話、実は「記憶にございません！」には、もうひとつのエンディングがある。官邸のバルコニーに佇む鰐淵（ROLLY）が、そこで小さな石を見つける。それは南条（寺島進）が総理（中井貴一）に向かって投げた石。それを拾った鰐淵はバルコニーから下に向かって放り投げる。たまたまそこを歩いていたのが鶴丸。彼の頭に石が直撃し、転倒。秘書の八代（ジャルジャル後藤）が抱え起こすと、鶴丸はなんと記憶喪失になっていた。鶴丸の物語の締め方として、これ以上のものはないと思って撮影したが、実際に編集で繋《つな》いでみると、映画全体のリズムが悪くなってしまい、泣く泣くカット。このシーンの草刈さんも最高でした。いつの日か「特典映像」で日の目を見ますように。

「濱田さん」 **２０１９年９月８日**

「記憶にございません！」は全百八十六シーンで成り立っている。その中でも、お気に入りのシーンの一つが、総理（中井貴一さん）と総理夫人（石田ゆり子さん）、そして息子の篤彦（濱田龍臣さん）の三人がレストランで食事をする場面だ。

三分ほどのシーンを、役者さんには芝居を止めずに演技して貰い、それを二台のカメラで撮影する。さらにカメラの位置を変えてもう一度、俳優さんには同じ演技をしてもらう。当然、この時も芝居は止めない。こうすることで、都合四台のカメラで撮ったことになり、その素材を編集で繋いでいく。

これは役者さんにとってはとても難易度の高い撮影法だ。三人とも一回目と二回目、まったく同じ芝居をしなければならない。しかも食べながら、飲みながら。一番大変だったのは濱田さんだろう。誰よりも食べていたから。もちろん好き勝手に飲み食いしているように見えるが、すべて演出だ。この台詞を言いながらグラスを置き、次の台詞のこの部分でスプーンを取り、この台詞で料理をすくって、この台詞を言い終わったところで口にいれて下さいと、そのくらい細かく指定されている。

濱田さんはすべての動きをきちんと覚え、それをごく自然に再現。その上で感情を込めて台詞を言った。しかもノーミス。完璧だった。自分でやらせておいてこんなことを言うのもなんだが、よくあんなことが出来るものだ。だって、台詞は事前に覚えていたかもしれないけど、細かい動きや段取りはすべてその日、ロケ現場に入ってから付けたもの。よほど脳がしっかりしていないと出来ない。ここだけの話、中井貴一さんも撮影終了後、濱田さんの芝居を絶賛。「食べる芝居は難しいのよ、彼は見事だったね、若いって素晴らしい」と感心していた。

濱田さんのおかげでこのシーン、カットは細かく割っているけど、全体に長回しに近い緊張感が漂い、面白い場面になりました。

濱田龍臣さん。二〇〇〇年生まれの十九歳。二〇〇〇年といえば、僕は「オケピ!」というミュージカルを上演した年。つい最近じゃないか。

これからどんな役者人生を歩んでいくか、とても楽しみな俳優さんです。

「プチソウルメイト」

2019年9月9日

佐藤浩市さんとは大河ドラマ「新選組!」で初めて仕事をした。それまでは、荒ぶる感じが好みでなく、僕とは縁のない俳優さんだと思っていた（大河の時はプロデューサーの意向）。ところがお会いしてみると、実際の佐藤さんは知的で茶目っ気があって、照れ屋で、たまに見せる人懐っこい笑顔がやけに眩《まぶ》しい。なんというギャップ。この面白さをぜひ皆さんにも知って貰いたいと思い、僕は佐藤浩市主演で「ザ・マジックアワー」を作った。

歳《とし》も近く、生まれ育った環境も似ているせいか、彼と一緒にいると妙に心が通い合う瞬間がある。宣伝で一緒にバラエティに出ても、彼の集中が切れて飽き始めた瞬間が手に取るように分かる。僕の集中も同じタイミングで切れるからだ。友達が極端に少ない僕にとって、佐藤さんは珍しく、プライベートでも相談に乗ったり乗って貰ったりする仲。どこか僕にとってプチ「ソウルメイト」的な存在だ。気持ち悪いですか？　あちらがどう思っているかは分からないし、聞いたこともないし、聞くつもりもないけど。

ここだけの話、今回、佐藤さんには衝撃の女装シーンがあるが、あんなに彼が楽しそうに現場に現れたのは、初めてだった。

さて、この映画には実はもう一人、僕のプチ「ソウルメイト」の俳優さんが出ている。斉藤由貴さんだ。昔、僕の舞台に出て貰ったことがあり、それ以来のお付き合い。別に一緒にご飯を食べたりはしないけれど、僕のエッセイの解説を書いて貰ったり、彼女のライブにゲストで出たりと、浅く長く関係を保っている。今回の現場で久々にお会いしたが、まるでブランクは感じなかったし、なんとなく、昔一緒に暮らしていたんじゃないかと思うような、安心感を覚えた。

由貴さんは最高のコメディエンヌだ。放っておくと、カメラの前でいろいろ面白いことをしてくれるので、僕は嬉しくて仕方ないのだが、そういった部分は当然本筋とは関係ないので、だいたい編集でカットされてしまう。カットするのは僕なんだけど。ぜひとも、由貴さんとは、テレビでも舞台でももちろん映画でもいいから、彼女の可笑《おか》しさを前面に出した作品を作ってみたいものです。

「衣装合わせ」

２０１９年９月10日

クランクイン前の衣装合わせ。ここで役のキャラクターが決まることもある、大事な場だ。

宮澤エマさんとは今回が初顔合わせ（撮影後に舞台「日本の歴史」に出て貰いました）。衣装合わせの時がほぼ初対面だった。芝居の巧さは分かっていたので不安はない。衣装を決め、メイクを施し、少しずつ通訳ジェット・和田のイメージに近づけていく。といっても台本上ではこのジェット・和田、大統領の隣にいつもいるけど、かなり謎の人物で、読んだだけでは男か女かも分からない。あの強烈な個性は、その場で宮澤さんと相談して決めていった。撫《な》でつけた髪、昔の小学生のような眼鏡、野暮ったい服装、なぜかいつもバッグを肩から斜めに提げている。細かいアイテムが決まっていくに連れ、どんどん宮澤エマさんがジェット・和田に変貌していった。独特のしゃべり方は、彼女自身のアイデア。知り合いの通訳さんにリサーチして、自分なりに研究したようだ。濃い登場人物が多い中で、かなり強烈なキャラに仕上がったジェット。すべては宮澤さんのおかげだ。

ここだけの話、あまりにジェットが面白いので、彼女にはその後、番宣番組に登場して頂いた。いつどこに現れるかは、お楽しみ。

「夜のニュースキャスター」役の有働由美子さん。彼女も衣装合わせでキャラクターが出来上がったパターン。有働さんは、実際に夜のニュースキャスターをなさっているので、ご本人のイメージとは真逆のキャラクターにしようと、かなり妖艶なメイクと衣装にして貰った。元々薄い顔のお方なので、メイクによってどんどん印象が変わり、最終的に誰だか分からなくなってしまった。普段はとてもサバサバした有働さんだが、艶っぽい姿もはまっている。かなりのはまり具合に、むしろ本来の姿はこっち側なんじゃないかという疑念も生まれた。ちなみにラストのウィンクはご本人のアドリブ。

ここだけの話、このニュースキャスター、作品のどこにも名前は出て来ないが、一応、キャラ設定は決めてあり、有働さんにはお伝えした。近藤ボニータ。和光市出身である。

「スペシャル」　２０１９年９月11日

今回のキャストで、僕にとってもっともスペシャルだったのが、柳先生役の山口崇さん。僕らの世代で山口さんといえば、ＮＨＫ「天下御免」における、天才平賀源内。「クイズタイムショック」の司会もされていたので、知的でクールで都会的な俳優といえば、山口さんだった。

僕にとって憧れの存在。二十五年前に「古畑任三郎」にも出て頂いた。その時は超常現象を否定する科学者の役。そして今回が小学校の元教師だ。山口さんは僕にとって永遠の頭脳労働者だ。一九三六年生まれの八二歳。長年映画には出てらっしゃらないと聞いていたので、失礼な話だが、ひょっとしてヨボヨボだったらどうしようと思っていたが、颯爽《さっそう》とご自分で車を運転して撮影所に現れたお姿に、胸をなで下ろすどころか、感動に震えた。お歳は召されたが、知的でクールで都会的な山口さんは健在。録音部さんがびっくりするくらいの通る声で、柳先生を完璧に演じて下さっている。

スペシャルといえば、もう一人忘れてならないのが、天海《あまみ》祐希《ゆうき》さん。物語の冒頭、記憶を失った総理がたまたま入った定食屋。テレビでは、キャスターの近藤ボニータ（有働由美子）が総理のニュースを伝えている。その後、画面手前で総理（中井貴一）が店主（阿南健治）と会話。その時、テレビで流れているのがドラマスペシャル「おんな西郷」の番宣で、そこに映っているのが西郷隆盛に扮装した天海さんなのだ。「おいに任せてくいやい」と台詞まである。

実は、この定食屋のシーンを撮った時（クランクアップの直前だった）、予定より長めにテレビが映り込むことが分かった。となるとそこに映る映像が必要になる。画面は後ではめこむので、これから撮ればいいのだが、有働キャスターの撮影は既に終わっている。さあ、どうする。そういえば、天海さん、なんでも力になるって言ってくれてたな。ここは彼女の好意に甘えよう。天海さんといえば「女信長」の主演女優。「女信長」があるなら「おんな西郷」もあってもおかしくない。よし、天海さんで「おんな西郷」の宣伝番組を作ってしまおう。そんな流れで誕生したミニ番組。ナレーションは山寺宏一さん、薩摩弁監修は大河ドラマでも方言指導をしていた迫田孝也さんと、豪華版。なのに映画を観ている、おそらくほとんどの人が気付かない。それでいいんです。大事なのは店主と総理の会話の方だから。それを承知で力を貸してくれた天海さんの男気に感謝。

ちなみにここだけの話、ドラマスペシャル「おんな西郷」本編は八時五十五分から放送の五分番組という設定です。みじか！

「まもなく」

２０１９年９月12日

十三年前、「記憶を失った総理大臣」という十文字で作られたフレーズを思いつく。一年前の夏、プロデューサーにプロットを語って聞かせ、制作のＧＯサインが出る。最初から主演は中井貴一と決めていた。彼がダメならばやらないとまで宣言。中井さんからＯＫの返事を貰ってから、頭を絞って台本を書く日々が始まる。並行してスタッフ集め、そしてキャスティング。脱稿が遅れ、ホンのないところでスタッフミーティング。その時の僕の話を元にロケハン開始。ようやくホンが完成。セットプランも固まり、東宝スタジオに首相官邸、湾岸スタジオに首相公邸の巨大セットが組まれる。決まったキャストから衣装合わせ。ディーン・フジオカさんに呼び出されて役について質問を受ける。クランクインが去年の夏。猛暑の中のロケが懐かしい。約二カ月の幸せな撮影期間を経て、編集、音楽録音、CG合成、そしてダビング。映画が完成したのは今年の春のことだった。

そして、大勢の人々の知恵と努力で作られた映画「記憶にございません！」は、最終段階で宣伝部に託される。この映画がどれだけの人に観て貰えるかは、この人たちの手腕にかかっている。面白ければ、作品に力があれば、必ず人は観てくれる、なんて幻想だ。「あの映画、いつの間に公開されたんだ」と思う作品のどれだけ多いことか。宣伝しない限り、一般のお客さんは、公開下手をしたらその映画が存在していること自体も知らないのである。

そしてすべてのスタッフからバトンを渡された宣伝部の皆さんは、映画の認知度アップのために全身全霊を傾ける。

新しいタイプの予告編、イラスト仕立てのティザーポスター、力の入ったツイッター、読みどころ満載のＨＰ、斬新な新聞広告。膨大なインタビュー記事、国会審議を模したトーク番組。政見放送ならぬ宣伝放送もある。俳優の皆さんによるテレビ出演。豪華な完成披露試写会。中井貴一さんの所信表明演説。新宿で行われた「最後のお願い」等々。ネットの普及で映画の宣伝方法も多様化した。それをどう上手く活用するかがポイントだ。そして地方ごとの独自の宣伝展開。映画館に足を運ぶ人たちに、いかにこの作品をアピールするかも、皆さん知恵を絞ってくれた。

僕もアイデアを出したが、宣伝部の頑張りには頭が下がる。街頭演説で、まるで新人候補の応援に駆けつけた幹事長のように絶叫する僕の姿を、また出たがりの目立ちたがり屋が馬鹿なことをやっていると、冷ややかな目で見ていた方もいらっしゃっただろう。しかし、全力を尽くしてイベントを成功させようと頑張るスタッフを見ていれば、自分に出来ることはなんでもやりたいと、そりゃ思うでしょう。しかもこれは僕が監督した映画なのである。僕がやらずに誰がやるというのか。「記憶にございません！」はまもなく公開です（九月十三日）。さて、どれだけの皆さんが映画館に足を運んで下さるのだろうか。

この短期集中連載エッセイは本日でおしまい。ご愛読、ありがとうございました。ここだけの話、大勢の方が映画を観て下さったら、嬉しくなってまた復活するかもしれません。

本書収載期間の仕事データ

●テレビドラマ「風雲児たち～蘭学革命《れぼりゆうし》篇～」
二〇一八年一月一日放送
制作／ＮＨＫ
原作／みなもと太郎「風雲児たち」より
脚本／三谷幸喜
音楽／荻野清子
演出／吉川邦夫
出演／片岡愛之助、新納慎也、村上新悟、迫田孝也、山本耕史、草刈正雄　ほか

●舞台「ショーガール」Ｖｏｌ．２～告白しちゃいなよ、ｙｏｕ～
二〇一八年一月八日～一月十四日　ＥＸシアター六本木（東京・港区）
企画製作／株式会社パルコ
脚本・作詞・構成・演出／三谷幸喜
作曲・編曲／荻野清子

出演／川平慈英、シルビア・グラブ

●舞台「江戸は燃えているか」
二〇一八年三月三日～三月二十六日　新橋演舞場（東京・中央区）
製作／松竹
企画製作／株式会社パルコ
作・演出／三谷幸喜
出演／中村獅童、松岡昌宏、松岡茉優、高田聖子、八木亜希子、飯尾和樹、磯山さやか、妃海風、中村蝶紫、吉田ボイス、藤本隆宏、田中圭

●テレビドラマ「黒井戸殺し」
二〇一八年四月十四日
制作／フジテレビ
制作協力／共同テレビ
原作／アガサ・クリスティー「アクロイド殺し」より
脚本／三谷幸喜
演出／城宝秀則

出演／野村萬斎、大泉洋、向井理、松岡茉優、秋元才加、和田正人、寺脇康文、藤井隆、今井朋彦、吉田羊、浅野和之、佐藤二朗、草刈民代、余貴美子、斉藤由貴、遠藤憲一

●舞台「酒と涙とジキルとハイド」
二〇一八年三月三十日〜四月一日　台北國家兩廳院國家戲劇院（台湾・台北市）
二〇一八年四月二十七日〜五月二十六日　東京芸術劇場（東京・豊島区）
主催／フジテレビ、株式会社ホリプロ
作・演出／三谷幸喜
出演／片岡愛之助、優香、藤井隆、迫田孝也、高良久美子、青木タイセイ

●舞台「虹のかけら〜もうひとりのジュディ」
二〇一八年五月二十四日〜五月二十七日　スパイラルホール（東京・港区）ほか全国21カ所で上演
企画・製作／株式会社ルックアップ
構成・演出／三谷幸喜
音楽監督・演奏／荻野清子
出演／戸田恵子

●舞台「日本の歴史」
二〇一八年十二月四日〜十二月二十八日　世田谷パブリックシアター（東京・世田谷区）
二〇一九年一月六日〜一月十三日　梅田芸術劇場 シアター・ドラマシティ（大阪市・北区）
企画・製作／シス・カンパニー
作・演出／三谷幸喜
音楽・演奏／荻野清子
出演／中井貴一、香取慎吾、新納慎也、川平慈英、シルビア・グラブ、宮澤エマ、秋元才加

●三谷かぶき「月光露針路日本《つきあかりめざすふるさと》〜風雲児たち」
二〇一九年六月一日〜六月二十五日
製作／松竹
原作／みなもと太郎「風雲児たち」より
作・演出／三谷幸喜
出演／松本白鸚、松本幸四郎、市川猿之助、片岡愛之助、八嶋智人ほか

初出・朝日新聞二〇一七年十一月二日〜二〇一九年二月二十一日

三谷幸喜（みたに・こうき）
一九六一年生まれ。脚本家。近年のおもな舞台作品に「酒と涙とジキルとハイド」「愛と哀しみのシャーロック・ホームズ」「大地」、テレビ作品にアガサ・クリスティーの推理小説を映像化した「黒井戸殺し」、初めての配信ドラマ「誰かが、見ている」など、映画監督作品に「清須会議」「ギャラクシー街道」「記憶にございません！」などがある。また、主な著書に『三谷幸喜のありふれた生活』シリーズ、『清須会議』など。

三谷幸喜《みたにこうき》のありふれた生活《せいかつ》16
予測不能《よそくふのう》

二〇二一年四月三〇日　第一刷発行

著　者　三谷幸喜
発行者　三宮博信
発行所　朝日新聞出版
〒一〇四-八〇一一　東京都中央区築地五-三-二
電話　〇三-五五四一-八八三二（編集）
〇三-五五四〇-七七九三（販売）
印刷所　図書印刷株式会社

ISBN978-4-02-251685-5
定価はカバーに表示してあります
落丁・乱丁の場合は弊社業務部（電話〇三-五五四〇-七八〇〇）へご連絡ください。
送料弊社負担にてお取り替えいたします。